UFO를 타다

우리같이 청소년문고 003

UFO를 타다

초판 1쇄 펴낸날 2010년 8월 13일
초판 3쇄 펴낸날 2012년 5월 5일

지은이 배봉기
펴낸이 이정옥
기획위원 이상운
펴낸곳 (주)우리같이 **등록** 제406-2011-59호
주소 경기도 파주시 문발동 파주출판단지 506-2, 201동 13호
전화 031-955-5590 **팩스** 031-955-5599
이메일 withours@gmail.com

ⓒ 배봉기, 2010, Printed in Seoul, Korea

ISBN 978-89-961890-4-6 44800
ISBN 978-89-961890-3-9 44800(세트)

이 도서의 국립중앙도서관 출판시도서목록(CIP)은 e-CIP 홈페이지(http://www.nl.go.kr/ecip)에서
이용하실 수 있습니다.(CIP제어번호: CIP2010002785)

UFO를 타다

배봉기 청소년 희곡집

우리같이

잘 노는 행복한 삶을 위하여

한국의 자연과 문화를 사랑하여 한국 여성과 결혼하고 우리나라에서 살고 있는 어느 독일인이 한 인터뷰에서 다음과 같이 말하는 걸 읽은 적이 있습니다.

"물론 장점이 많지만…… 한국인들의 가장 큰 문제는 놀 줄을 모른다는 것입니다."

그는 그 이유를 획일적인 경쟁만 강요하는 교육 탓으로 돌렸습니다. 그리고 놀 줄을 모르면 삶을 제대로 즐길 줄도, 행복한 삶을 누릴 줄도 모르게 된다고 덧붙였습니다. 그 지적에 고개를 크게 끄덕일 수밖에 없더군요.

우리 청소년들의 현실이야 구구한 설명이 필요 없이 답답하고 안타까운 상태라 하겠지요. 그러나 이런 현실을 탓하고 있을 수만은 없다고 생각해 봅니다. 비록 힘들고 어렵지만 우리 스스로 틈을 만들고 기회를 마련하여 즐기고 노는 방법을 배워 나가야 한다는 것이지요.

희곡과 그 희곡을 바탕으로 한 연극은, 원래 '놀이'에 뿌리를 두고 있습니다. 우리말 놀이에 해당하는 영어 단어 Play의 뜻 중에 명사로는 '희곡'이 있고, 동사로는 '(연극을) 상연하다'라는 풀이가 있는 것을 봐도 짐작할 수 있지요.

문학 작품인 희곡은 여백이 많습니다. 이 비어 있는 곳은 무대에서 상연될 때, 연출과 연기에 의해 채워져서 관객에게 보이게 되지요. 따라서 희곡을 읽는 일은, 독자 스스로 연출가와 배우가 되어 상상으로 무대를 만드는 작업과 같은 것입니다. 희곡 읽기는 이런 창조적인 상상 속에서 즐기고 노는 것입니다. 그러므로 희곡 읽기는, 처음에는 상당히 낯설겠지만, 조금만 노력하면 스스로 여백을 채우면서 노는 즐거운 과정이 될 수 있습니다.

그렇게 희곡으로 즐거운 '상상 놀이'를 한 다음, 그 희곡을 연극으로 만들어 볼 수 있으면 더욱 좋겠지요. 그런 기회를 가질 수만 있다면, 정말 몸과 마음으로 노는 법을 배울 수 있을 테니 말입니다.

청소년 소설은 꽤 많이 출간되었지만, 청소년 시집은 희소하고, 청소년 희곡집은 아예 없는 것으로 알고 있습니다. 편식이 좋지 않듯이, 문학 작품의 독서도 지나치게 편중되는 것은 바람직하지 않겠지요. 그런 점에서, 균형 있는 시각으로 청소년 희곡집을 기획하고 출간하는 과감한 시도를 해 준 우리같이에 고마움을 전합니다.

부디 이 희곡집이 우리 청소년들에게 의미 있는 선물이 되었으면 좋겠다는 작은 소망을 가져 봅니다.

작가 배봉기

이런 물음표

진수

엄마

아빠

영어교사(고등학교): 대사 표시에서는 '영어'로 한다.

수학교사(고등학교): 대사 표시에서는 '수학'으로 한다.

담임(초등학교 5학년 때)

교장(고등학교)

| 무대 |

시간과 공간이 자유롭게 혼합되어 표현되는 무대다.

무대 중앙에는 학생용 책상과 의자가 하나씩 있다.

무대 중앙 뒤는 진수의 방이다.

무대 오른쪽 앞은 엄마가 일하는 마트의 계산대다.

무대 중앙 앞쪽은 공원, 포장마차, 담임의 집 거실, 교장실 등으로 다양하게 활용된다.

대리 운전을 하는 진수의 아빠는 무대 곳곳을 활동 공간으로 한다.

1

조명 들어온다.

진수, 무대 중앙의 책상에 앉아 고민 중이다.

무대 오른쪽의 마트 계산대에서는 엄마가 서서 계산을
하고 있다. 무대 뒤에서 아빠가 달려 나온다. 대리 운전
을 부른 사람을 찾으러 온 것이다. 이곳저곳을 두리번거
린다.

(바코드를 스캔하고 돈을 받고 영수증을 내 주는 등의 엄
마의 동작은, 이 극이 진행되는 동안 내내 배경처럼 지속
된다. 아빠는 대리 운전을 하기 위해 무대에 수시로 출몰
한다)

사이.

진수, 일어서서 무대 앞쪽으로 몇 걸음 걸어 나온다.

진수 　제 이름은 김진수, 나이는 열여덟 살, 고등학교 2학년 학
　　　생입니다. 공부는 잘하냐고요? 예, 그게 문제겠지요. 그
　　　것 때문에 저는 어제부터 큰 고민에 빠졌습니다. 원래
　　　제가 무슨 고민을 하고 사색을 하는 종류의 아이는 아닙
　　　니다. 제 또래의 아이들 대부분이 그럴 겁니다. 고민할
　　　시간이 어디 있어요? 죽어라 공부하다가 쉬는 시간이면
　　　게임이라도 한 판 해야지요. 머리통에 영어 단어나 수학
　　　공식이 가득 차 있으니 고민이 들어 갈 자리도 없습니
　　　다.

엄마 　예, 7만 2,000원입니다, 손님. 마트 카드 있으세요? 예, 7
　　　만 2,000원 계산하고 마일리지 적립하겠습니다, 손님.

진수 　그런데요. 영어 단어나 수학 공식 같은 것들이 제 머리통
　　　에 잘 정돈되어 있는 건 아닙니다. 저는 그런 우수한 학생
　　　이 아니고요. 항상 어질러진 제 방처럼 머릿속이 뒤죽박
　　　죽 흐트러져 있지요. 그래서 영어나 수학 시험을 볼 때는
　　　제 머리통 속에서 한바탕 난리가 벌어집니다. 어떻게 해
　　　서든 정돈된 답을 내밀어 보려고 이 머리통이 불이 날 지
　　　경입니다. 결과는 항상 시원치 않지만요. 그렇다고 제가
　　　노력을 하지 않는다는 건 아닙니다. 마트에서 다리가 퉁

통 부어 오르도록 열두 시간씩 고생하시는 엄마. 그리고 우리 아빠.

아빠 (달리기를 멈추고 무대를 향해) 저, 대리 부르셨죠? 아니라고요? 15분 전에 전화하신 분 아니세요? 아니, 손님. 내가 왜 니 손님이냐고요? 죄송합니다, 손님. 아니, 저는 여기 주유소 앞에 서 계신다고 하기에…… 그냥 운전하고 가셨나? 아니, 손님. 제가 미친 놈은 아니고…… 저는 그냥 대리 운전 하는 사람입니다.

진수 저녁 6시부터 새벽 6시까지 대리 운전 하느라 오줌도 제대로 못 누시고 뛰어 다니시는 아빠. 그 엄마 아빠가 힘들여서 벌어다 주시는 돈으로 열심히 학원도 다니고, 졸음을 쫓아 가며 문제지도 풉니다. 저도 정말 할 만큼 열심히 해 보려고 해요. 그런데, 저는 어제 몽둥이로 이 머리통을 강타 당하는 듯한 충격을, 그것도 연타로 두들겨 맞는 충격을 받았습니다. 1교시 영어, 2교시 수학. 중간고사 성적을 통보 받은 겁니다.

무대 왼쪽에서 '영어' 등장한다.

영어 박준영 88점, 괜찮아. 이기정 75점, 아슬아슬하게 평균 넘어 살았군. 이 반 평균은 74점이다. 다음은 김진수. 야, 이

　　　　　놈 점수 좀 봐라. 완전 환상이네 환상. 김진수!

진수　예.

영어　44점! 사, 사라. 너 죽고 또 죽었다. 알았냐?

진수　……

영어　야, 주제에 대답도 안 해? 알았어?

진수　예.

영수　알았으면 뭐 하나? 후딱 눈썹이 휘날리도록 안 튀어나와?

진수　예. (무대 왼쪽의 '영어' 앞으로 걸어간다)

영어　44점. 이게 점수라고 생각하나? 엉? 이게 점수야?

진수　예.

영어　예라고? 어쭈 대답 하나는 잘한다. 일단 엎드려. 평균 이
　　　하는 1점당 한 대니까 너는 몇 대 맞아야 하지?

진수　예, 30대입니다.

영어　그래 산수는 되는구나. 엎드려. 아, 이런 돌대가리들은 나
　　　하고 전생에 무슨 원수를 진 거냐? 피곤에 찌든 이 교사의
　　　연약한 팔뚝을 이렇게 가혹하게 혹사해도 좋은 거냐? 할
　　　수 없지. 아, 교육의 길은 멀고도 험하구나. 자, 잘 세라!
　　　건너뛰면 따블이다.

　　　　　'영어' 엎드린 진수의 엉덩이를 치기 시작한다. 진수 센다.

엄마 예, 12만 8,000원입니다, 손님. 마트 카드 있으세요? 예,
    12만 8,000원 계산하고 마일리지 적립하겠습니다, 손님.

    진수가 열다섯까지 세었을 때 '영어' 멈추고 땀을 닦는다.

영어 일어나 임마. 아침을 못 먹었더니 더 이상 못 때리겠다.
    마누라라는 것이 이건 남편이 출근을 한다고 해도 오밤중
    이니. 김진수.
진수 예.
영어 아침밥도 못 먹고 내가 이렇게 힘을 써야겠냐? 그만두
    자. 내가 너 같은 인생의 엉덩이에 극심한 자극을 준들
    무슨 소용이 있으리요. 바위에 호박 심기지. 김진수 일어
    나라.
진수 예. (일어난다)
영어 절망이다. 완전 캄캄하다. (퇴장한다)

    진수 중앙의 의자에 와서 앉는다.
    무대 왼쪽에서 '수학' 등장한다.

수학 강수인 92점, 우수. 한영진 80점 더 분발해. 김진수. 어라,
    김진수!

진수 예.

수학 야, 이 짜식 봐라. 44점! 이 반 평균이 몇 점인 줄 아나?

진수 모릅니다.

수학 74점이다. 알았나?

진수 예.

수학 아 짜샤. 알았으면 안 기어 나오고 뭐 하나?

진수 예.(일어난다)

수학 44점. 너 이게 뭘 의미한다고 생각하나?

진수 예?

수학 내 눈에는 훤하게 보이는데, 너는 안 보이나?

진수 예?

수학 네 인생이 그냥 저기 저 캄캄한 암흑 속으로 사정없이 꼬
      라박히는 꼬라지. 그게 안 보이느냐 말이다. 보여? 안 보
      여? 보이지?

진수 (엉겹결에) 예, 보입니다.

수학 일단 맞고 보자. 평균 이하는 1점에 한 대니까 몇 대냐?

진수 (즉시) 30대입니다.

수학 자식, 산수는 빠르네.

          '수학' 몽둥이를 내리치고 진수 엎드려 맞으며 센다.

          아빠 무대 뒤에서 달려나온다. 무대 앞을 이리저리 뛰면서

사람을 찾다가 객석을 향해 멈춘다.

아빠 (관객 중 한 사람에게 인사를 하면서) 저어, 대리 부르셨죠? 아
　　 니라고요? 10분 전에 전화하신 분 아니세요? 아니라고
　　 요? 이 손님이 어디로 가셨나. (핸드폰으로 전화한다) 대리입
　　 니다. 10분 전에 전화하신 손님이시죠? 예? 뭐라고요? 대
　　 리 불러 타고 가신다고요? 제가 대리인데요. 다른 대리가
　　 왔다고요? 아니, 저한테 전화하시고, 다른 대리를 부르시
　　 면…… 바쁜 세상에 어떻게 기다리느냐고요? 서대문에서
　　 홍대 앞까지 10분에 끊었는데요. 다음에 보자고요? (한숨
　　 을 쉬고 전화를 끊는다) 아, 씨. 택시 값만 날렸네.

진수의 엉덩이를 때리던 '수학', 열다섯에서 멈춘다.

수학 그만하자. 죽은 자식 불알 만지기다. 빵 한 쪼가리 먹었더
　　 니 배가 고파 더 못하겠다. 너희들도 장가갈 때 신중하게
　　 생각해. 아침에 밥 챙겨 줄 여자인지 빵 쪼가리나 던져 줄
　　 여자인지 잘 가려야 한다 이 말이야. (엎드린 김진수를 내려
　　 다보며) 하기야 너 같은 자식이야 이 여자 저 여자 가릴 입
　　 장은 아닌 것 같다만. 일어나. 김진수.
진수 (일어나며) 예.

수학   절망이다. 완전 캄캄하다.

     '수학' 퇴장한다.
     진수 중앙 뒤쪽의 자기 방에 가서 의자에 앉는다.

진수   영어 44점. 수학 44점. 영어 우리 반 평균 74점. 수학 우리 반 평균 74점. 1교시 15대. 2교시 15대. 합해서 30대. 영어 선생님이나 수학 선생님이 아침을 먹었더라면 전 60대를 맞아야 했을 겁니다. 영어 선생님 사모님, 수학 선생님 사모님 모두 아침밥을 안 차려 준 덕분에 저는 30대를 덜 맞았습니다.

이건 뭔가 이상하지 않아요? 이상한 정도가 아니라 괴상하다고 해야겠네요. 우연이라고 하기에는 너무나 기막히게 맞아떨어지지 않아요? 이런 식으로 맞아떨어지면 로또라도 당첨되었을 겁니다. 제 경우에는 행운이 아니라 불운 쪽인 점이 다르긴 하지만 말예요.

아무튼 저는 굉장한 충격을 받고 말았습니다. 사실 시험 잘못 봐서 얻어맞은 것이 초딩 때부터 어디 한두 번이겠어요? 교사란 인간들한테 막말 듣는 게 어디 하루 이틀 일이겠어요?

하지만 어제는 달랐습니다. 달라도 너무나 달랐습니다.

우연으로 보기에는 너무도 괴상하게 계속 겹치는 숫자. 그것은 불길한 부적처럼, 제 인생을 예언하는 부적 말입니다, 그런 부적처럼 제 머릿속에 철썩 달라붙었습니다. 영어와 수학 선생의 선언. '절망이다. 완전 캄캄하다.' 글자 한 자 다르지 않은 완전 똑같은 선언 말입니다, 그 선언은 무슨 음산한 주문처럼 제 머리통 안을 웅웅웅 울려 댔습니다. 절망이다, 완전 캄캄하다, 절망이다, 완전 캄캄하다……

엄마 예, 손님. 조금만 기다리세요, 손님.

아빠 (무대로 달려 나오면서 통화한다) 예, 대리입니다. 조금만 기다리세요. 총알처럼 달려, 아니, 날아갑니다.

진수 하루 종일 화끈거리는 엉덩이가 문제가 아니었습니다. 이 가슴과 머릿속, 이곳이 문제였습니다. 가슴은 보이지 않는 강한 손이 사정없이 조이는 듯 답답해지고, 머릿속은 차 오르는 무거운 어둠으로 그야말로 캄캄해졌습니다. 숨이 막히고 머리통이 무거워 미칠 것만 같았습니다.

저는 어젯밤 내내 저기(자기의 방을 가리키며) 제 침대에서 끙끙댔습니다. 제 인생이 절망이라는 말, 완전 캄캄하다는 선생님들의 말을 생각하고 생각해 보았습니다.

저는 아직 열여덟인데, 제 인생이 희망이 없고 절망이라면, 찬란한 햇빛 정도는 아니라도 빛 한 줄기 없이 완전 캄캄하다면, 도대체 나라는 인간은 살아서 뭐 하나? 뭐 하러 힘들게 밥 먹고 똥 싸고 살아야 하나? 희망이 없는 내 인생을 위해 하루 열두 시간씩 계산대에 서 있는 엄마, 하루 열두 시간씩 대리운전을 뛰는 아빠 인생은 그럼 뭔가?

엄마 (계산을 잠시 멈추고 긴 숨을 쉰다) 진수야. 어떻게든지 엄마가 돈을, 하여간 벌어서 너 대학까지 공부는 시킬 거니까, 너는 아무 걱정 말고, 죽어라 공부해야 한다.

아빠 내 아들 진수야. 아빠가 미친 듯이 대리 뛰어서라도 너만은 대학 보낼 테니까 너는 죽어라 공부만 하면 된다. 아, 그놈의 대학 등록금은 오르기만 하니. 반값 등록금 공약한 인간은 어떻게 된 거야? 그걸 믿은 내가 바보지.

진수 엄마, 아빠. 제가 공부를 안 하려 한 건 아니에요. 잘하고 싶어요. 특히 영수를 잘하고 싶어요. 100점 맞고 너무 좋아서 날뛰는 꿈도 자주 꿔요. 그런데 영수는 너무 어려워요. 제 머리가 아주 좋게 태어났으면 가능할 텐데 그게 아니잖아요. 솔직히 엄마나 아빠도 학교 때 영수 못했다고 했잖아요. 좋은 공부 머리가 아니라고 말이에요. 제 머리도 그래요. 아무래도 제 머리통이 공부 머리가 아닌 것 같아요.

그렇다고 우리 집 형편에 고액 과외 받을 처지도 아니잖아요. 고생하시는 엄마 아빠 생각하면, 차라리 지금 죽어 버릴까 그런 생각이 들어요. 절망이고 완전 캄캄한데 살아서 뭐 하겠어요? 그냥 팍 죽어 버리고 싶어요!

엄마 · 아빠 (날카롭게) 안 돼!

진수 맞아요. 엄마 아빠 생각하면 그건 아니다 싶어요. 어떻게 든 살아봐야겠다는 생각을 하게 돼요.

그런데 절망뿐이라면, 캄캄하다면 어떻게 살아야 하죠? 나는 무얼 어떻게 해야 하는 거죠?

너무 답답했어요. 가슴이 찢어질 것처럼 아프고, 머리통이 터질 것처럼 부글부글 끓었어요. 누구라도 붙잡고 묻고 싶 었어요. 영수를 못해 절망이고 캄캄한 나 같은 고딩은 무 얼 어떻게 해야 하느냐고, 내 인생을 어떻게 해야 하느냐 고 말이에요.

물론 지나가는 사람 아무나 붙잡고 물을 수는 없는 일이 죠. 놀토인 오늘 오후까지 줄창 생각한 끝에 일단 결론을 내렸어요. '병을 준 사람이 약도 줄 수 있는 법이다.' 이 격 언 어디 국어 참고서에서 본 것 같아요. 아무튼 병을 준 영 어 선생님과 수학 선생님한테 물어보자. 도대체 나 같은 고딩이 어떻게 하면 희망을 가질 수 있냐고, 어떻게 하면 절망을 벗어날 수 있냐고, 캄캄한 어둠에서 대낮 같은 광 명으로 나올 수 있냐고 말입니다. 그냥 제 인생 포기할 수 는 없지 않나요? 그래서 저는 그 두 선생님을 찾아보기로

했습니다. 늦잠 주무시는 사모님들 때문에 아침밥을 못 먹고 사는 영어 선생님과 수학 선생님 말입니다.

2

진수, 무대 앞쪽의 공원 벤치에 앉아 있다.

핸드폰으로 통화를 한 뒤 기다린다.

사이.

트레이닝 복 차림의 '영어'가 등장한다. 막 목욕을 하고 나

온 듯하다. 목욕 용품이나 속옷 등이 들었을 듯한 가방을

들고 있다.

진수 (일어서서 인사한다) 선생님 안녕하세요?

영어 (좀 당황한다) 어 그래. 너 몇 반이지?

진수 예. 2학년 16반 32번 김진수입니다.

영어 아, 2학년 16반. 응, 내가 수업 들어가는 반이구나. 이 놀

토에 웬 일이냐? 무슨 일로 문자에 전화에 난리야?

진수 선생님께 물어볼 말이 있어서요.

영어 질문이라면 학교에서, 수업 시간에 해야지. 교사도 휴일
　　　에는 쉴 권리가 있는 거다. 안 그러냐?

진수 예. 하지만 수업 시간에 할 질문이 아닌 것 같아서요. 그
　　　리고, 너무 답답해서, 빨리 선생님 말씀을 듣고 싶기도 하
　　　고요.

영어 좋아. 일단 나왔으니 들어 보자. 자, 앉아라.

진수 예. (교사와 좀 떨어져서 앉는다)

영어 어, 목욕을 하고 났더니 바람이 시원하구나. 너도 목욕탕
　　　다니냐?

진수 아니요. 전 집에서 그냥 샤워를 하는데요.

영어 가끔 목욕탕에 가서 뜨거운 물에 푹 담그는 맛이 샤워하
　　　는 거하고는 달라. 그 뒤에 시원한 맥주 한잔하면 아주 죽
　　　이지. 참, 너희들 대학이나 들어간 뒤에 이렇게 좀 찾아와
　　　봐라. 그러면 맥주라도 한잔하면서 인생 이야기도 하고
　　　그럴 것 아니냐. 대학 간 뒤에는 코빼기 비치는 놈이 눈
　　　씻고 봐도 없으니. 쎄 빠지게 가르쳐 놓으면 짜식들이 다
　　　저절로 된 줄 안다니까.

진수 저, 선생님.

영어 아, 참, 그래, 너 할 말이 있다고 했지. 물어봐.

진수 선생님이 어제요.

영어 어제 뭐?

진수 어제 1교시 때, 중간고사 성적 불러 주고 빠따 때리신 뒤에……

영어 나한테 맞았다고?

진수 예, 몽둥이로 서른 대를……

영어 (당황하여 주위를 휘둘러본 뒤) 아니, 이 녀석 좀 보게. 내가 무슨 서른 대씩이나 빠따를 쳤다고……

진수 서른 대를 맞은 건 아니고요. 열다섯 대로 깎아 주셨어요. 아침을 못 잡수셔서 그렇다고……

영어 학교 일은 학교에서 끝내야지. 맞았어도 너 혼자 맞은 게 아니잖냐. 다 너희들 생각해서 선생님이 그런 거다. 내가 어제 다섯 반은 들어갔을 거야. 애들 중 반절은 맞았을 거고. 평균 이하는 맞았으니까. 네 성적이 안 나왔으니 그런 거지. 엉덩이 좀 맞았다고 사내자식이 그걸 꽁하게 마음에 품고 있어서야 되겠니? 앞으로 열공해야겠다, 이렇게 발전적으로 생각해야지.

진수 선생님 그게 아니고요. 맞은 건 저 아무렇지도 않아요. 그 뒤 수학 시간에도 또 열다섯 대 더 맞았거든요. 그래도 밤에 엉덩이에다 안티푸라민 바르고 자니까 아침에는 괜찮아졌어요. 맞은 거야 그까짓 거 별 문제 없어요.

영어 (호탕하게 웃으며 진수의 어깨를 친다) 그래, 남자라면 당연히
      그래야지.

진수 제가 선생님께 문자 보내고 전화한 거는요. 그게 아니고
      요.

영어 응, 왜?

진수 어제 1교시에 선생님이 빠따 열다섯 대를 때리신 뒤 '아
      침밥도 못 먹고 내가 이렇게 힘을 써야겠냐? 그만두자. 내
      가 너 같은 인생의 엉덩이에 극심한 자극을 준들 무슨 소
      용이 있으리요. 바위에 호박 심기지.' 하시면서 일어나라
      고 하신 뒤에 저한테 이렇게 말씀하셨거든요.

영어 뭐라고? (혼잣말로) 아 이 자식 뭐 이렇게 기억력이 좋아?

진수 절망이다. 완전 캄캄하다.

영어 내가 그렇게 말했다고?

진수 예.

영어 너 몇 점 맞았는데?

진수 44점이요.

영어 (한심하다. 그래서 슬쩍 짜증이 난다. '내가 이런 돌대가리 데리고
      귀중한 토요일 오후 시간을 낭비하다니' 하는 생각이 든 것이다)
      참, 너 이름이 어떻게 된다고 했지?

진수 2학년 16반 32번 김진수요.

영어 (감정을 꾹 누르고) 진수야.

진수 예.

영어 너희들이 보기에는 선생님들이 한가한 것 같지?

진수 (생각해 보지 않았다) 잘 모르겠는데요.

영어 그래, 네가 뭐 여러 가지를 생각할 정신이나 여유는 없을 것 같구나. 아무튼 우리 교사들도 무척 바쁘다. 나도 토요일 오후니까 이렇게 목욕탕도 다니고 그런다만, 오늘만 해도 아주 바빠. 수행 평가 채점도 해야 하고, 수업 준비도 해야 하고 말이다. 선생님 이만 들어가도 되겠지? 너도 바쁠 테니 들어가서 단어라도 좀 외우고.

진수 선생님. 가슴이 너무 답답해서요. 머릿속은 캄캄하고요. 정말 답답하고 캄캄해서 팍 죽어 버릴까 그런 생각도 했거든요.

영어 (죽어 버릴까 생각했다는 말에 살짝 긴장된다) 야, 임마. 죽기는 왜 죽어. 열심히 공부하고 잘 살아야지.

진수 그래서요. 선생님께 물어보려고요.

영어 그래. 물어봐라. 뭔데?

진수 선생님이 어제 한 말씀이요. 그런 영어 점수로는 정말 절망이고 캄캄한 건가요?

영어 그거야, 뭐. 뭐랄까, 내가, 너희들한테 열심히 하라고 하는 소리지. 그래 열심히 하라 이거야. 솔직히 그런 점수 갖고는 희망을 갖기 어렵지. 열심히 해서 상위권으로 끌어올려야지. 그런 점수로는 상위권 애들과 인생 자체가 게임이 안 돼. 아직 1년 이상 남았으니까 시간은 있어. 3학년 1학기까지 80점대로 끌어올려 봐. 열심히 하면 돼! '나도 할 수 있다.' 이렇게 자신을 갖고 박 터지게, 한번 죽어라 열심히 해 보란 말이야!

진수 저도 많이 생각해 봤는데요. 저는 머리가 안 좋은 것 같거든요. 공부 머리가 안 따라 주는 것 같아요.

영어 ('아이고 그런 것 같다'는 표정으로 진수를 본다)

진수 또 집안 사정이요. 고액 과외를 할 형편도 못 되거든요. 영어는 단과 반 하나 끊어서 들어요. 집에 돈이 별로 없어서요. 동생 진영이도 학원 다녀야 하고요. 저는 머리도 안 좋고, 고액 과외도 못하는데 어떻게 상위권으로 올라갈 수 있어요? 다른 아이들도 정말 열심히 하거든요.

엄마 (계산대에서 진수가 있는 쪽을 바라보며) 진수야. 너 영어 15만 원, 수학 15만원, 합해서 30만원. 진영이 영어, 수학 학원비 20만원. 다 합해서 50만원. 그 학원비, 있는 사람들한테는 아무것도 아니겠다만, 우리 형편에 장난이 아니다. 허리가 휜다 휘어. 예, 손님. 2만 7,300원입니다. 마일리지 카드는요?

영어 (진수의 말이 맞다는 생각에 선뜻 대답할 말을 찾지 못한다) 하지만……

진수 저 같은 애는 어떻게 해야 하는 거죠? 희망이 없다면 무엇 때문에 살아야 하는 거죠?

영어 어, 희망을 가져야지. 그러니까, 희망을 가질 생각을 해야 지.

진수 도저히 상위권으로 끌어올릴 수 없을 것 같아요. 지금도 안 하는 거 아니거든요. 그런데 제 점수로는 인생이 절망 이고 캄캄하다면서요. 저는 어떻게 해야 하는 거죠?

영어 어, 말이다. 그러니까 말이다. (탈출구가 떠올랐다. 한결 가벼 운 표정이 된다) 이름이?

진수 2학년 16반 32번 김진수요.

영어 그래, 김진수. 나는 담당 과목이 영어야. 너도 잘 알다시 피 지금은 너희들 2학년 영어를 맡고 있지. 너는 내 담당 과목에 대해 질문하는 게 타당해. 그것도 교실이나 교무 실에서 하는 것이 좋고. 그런 인생 상담은 다른 선생님을 찾는 것이 좋겠어. 담임 선생님한테 가든지 상담 선생님 을 찾는다든지……

진수 전 선생님이 하신 말씀을 듣고 이상하게도 충격이 와서 요. 너무 크게 받았거든요. 그래서, 선생님께 묻고 싶었어 요.

영어 내가 한 말은, 아까도 말했지만, 열심히 하라는 뜻이야. 하여튼 열심히 노력하다 보면 어떻게 다르게 될 수도 있는 거야. 뭐, 별 큰 뜻이 있어서 한 말이 아니니까, 그렇게, 심각하게 생각할 거 없어. (시계를 보고) 아이고, 이런, 저녁 시간이 다 되었네. 들어가. 나도 들어가서 저녁 먹어야겠다. 집사람이 '이 인간 목욕 가서 뭐 하나.' 하겠다. 학교에서 보자.

'영어' 부랴부랴 퇴장한다.
진수 무대 중앙의 의자로 와서 앉는다.

진수 결국 영어 선생님한테서는 아무 말도 듣지 못한 거나 다름없습니다. 저는 수학 선생님을 찾아갈 수밖에 없었습니다.

무대 앞쪽은 전구에 불이 켜진 포장마차의 공간이 된다.
편한 바지와 셔츠를 입은 '수학'이 등장하여 앉는다. 이미 술을 마셔서 약간 취했다.
진수가 다가가자 손짓한다.

수학 야, 너 나한테 전화한 놈 맞지?
진수 (다가가며) 예.
수학 이리 들어와. 자 앉아. 앉으라니까.

진수 예. (앉는다)

수학 너 나한테 수학 배우는 놈 맞지?

진수 예. 2학년 16반 32번 김진수입니다.

수학 (자기 앞의 잔에 술 따르며) 야, 너도 한잔할래? 아, 참. 그건 좀 곤란하지. 사이다나 한 병 마셔라.

진수 (생수 병을 탁자 위로 놓으며) 전 이거 마실게요.

수학 그럼 그렇게 해. (술을 털어 넣은 뒤 안주를 먹는다)

진수 선생님.

수학 참, 너 왜 전화했냐? 무엇 때문에 날 보자는 거야? 친구랑 내기 바둑 두면서 맥주 한잔하다 말고 너 때문에 이렇게 나온 거야 임마.

진수 죄송합니다.

수학 참, 너 공부 열심히 해라. 공부 열심히 해서 대학 가고 나중에 농협 들어가라. 농협 정말 좋은 직장이더라.

진수 농협이요?

수학 나하고 아까 바둑 두던 친구 말이다. 그 친구 조카가 이번에 강남에 있는 농협에 들어갔다는 거야. 대기업, 공기업 다 됐는데 농협으로 갔다네. 뭐 토익이 965점이 넘었다더라. 그 농협이 얼마나 좋은 직장이냐 하면 말이다, 신입사원 연수를 받는데, 그러니까 아직 정식 직원도 아닌 거지. 그런데 말이다, 추석 됐다고 상품권을 보너스로 100만 원

어치나 줬다더라. 아, 농협을 '신이 숨겨 놓은 직장'이라고 한다면 말 다 한 거지.

진수 신이 직장을 숨겨요? 왜요?

수학 아 짜식, 귓구멍이 똥구멍이냐? 말귀를 못 알아먹어? 농협이 그만큼 좋은 직장이란 뜻이야. 우리 교사들은 명절이라고 뭐가 있나? 건더기는커녕 국물도 없어. 박봉에, 또너 같은 녀석은 이렇게 불쑥 찾아와서 토요일 밤까지 쉬지도 못하게 하고.

진수 미안합니다.

수학 죄송하다고 해야지 인마. 미안이 뭐냐, 미안이?

진수 죄송합니다.

수학 그만두자. 좋아. 이왕 이렇게 만났으니 말이나 들어 보자. 월요일까지 못 기다리고 부득부득 이 토요일 밤에 나를 보겠다는 이유가 뭐냐?

진수 선생님께 물어보고 싶은 게 있습니다.

수학 그 물어보고 싶은 걸 월요일 학교에서 물어보면 안 되냐고? 다른 문제들 먼저 풀고 그 문제는 제쳐 두면 되잖아. 학원 선생이나 과외 선생한테 물어보든지.

진수 수학 문제가 아닌데요.

수학 그럼? 야, 난 수학 선생이야. 2학년 16반 담임도 아니고. 수학 문제가 아닌데 왜 날 찾아? 이런 토요일 밤에 .

진수　너무 답답해서요. 어제부터 너무 답답하고 캄캄해서요.

수학　뭐가 그리 답답하고 캄캄해?

진수　제 가슴이 답답하고 머릿속이 캄캄해서요. 팍 죽어 버릴까 생각도 했거든요.

고수　(좀 심각해진다) 야, 너. 참, 이름이?

진수　2학년 16반 32번 김진수입니다.

수학　김진수.

진수　예.

수학　말 함부로 하는 거 아니다. 사람 목숨, 그렇게 함부로 죽을 수 있는 것도 아니고, 살 수 있는 것도 아니야. 도대체 뭐가 그렇게 죽고 싶을 정도로 답답하고 캄캄한데?

진수　선생님이 어제 2교시 때 말씀하신 거요.

수학　2교시?

진수　중간고사 성적 불러 주시고 빠따 때린 뒤에……

수학　너 맞았냐?

진수　예. 서른 대를 맞아야 하는데……

수학　몇 점인데?

진수　44점입니다.

수학　어휴! (고개를 흔든 뒤 소주를 따라 마신다)

진수　절망인가요? 캄캄한가요?

수학　무슨 말이냐?

진수 그렇게 말씀하셨잖아요.

수학 뭘 어떻게?

진수 빠따 열다섯 대를 때리신 뒤 '그만하자. 죽은 자식 불알 만지기다. 빵 한 쪼가리 먹었더니 배가 고파 더 못하겠다. 너희들도 장가갈 때 신중하게 생각해. 아침에 밥 챙겨 줄 여자인지 빵 쪼가리나 던져 줄 여자인지를 잘 가려야 한다 이 말이야. 하기야 너 같은 자식이야 이 여자 저 여자 가릴 입장은 아닌 것 같다만. 일어나. 김진수.'

수학 (어이가 없어서 뻥한 표정으로 진수를 보다가 혼잣말로) 이 자식 이거, 기억력 하나는 죽이네.

진수 그래서 제가 일어섰더니 이렇게 말씀하셨어요. '절망이다. 완전 캄캄하다.'

수학 그거야……

진수 수학을 44점 맞은 학생은 인생이 절망인가요? 캄캄한가요?

수학 그거야 열심히 하라는 이야기지. 내가 다 팔 아프게 빠따 친 것도 열심히 하라는 자극을 주기 위해서가 아니겠냐? 에이, 너도 소주 한잔해라. 뭐 취해서 사고만 안 치면 괜찮다. (따라 준다.)

진수 (그냥 한 번에 들이마신다)

수학 이 녀석 술 잘하네.

진수 술 잘 먹는 애들 많아요.

수학 잘들 한다. 한 잔 더 해라. (따라 준다) 하기야 술은 어른하
      고 배우라는 말이 있지. 하지만, 어디 가서 나랑 마셨다는
      소리는 마라. 난 사이다 먹으라고 한 거다. 알았지?

진수 (다시 쭉 마시고) 예. 선생님, 제 질문에 대해서……

수학 뭘 물었더라?

진수 그런 수학 점수로는 인생 절망이고 캄캄하고요……

수학 그건, 그러니까, 참, 너 영어는 잘하냐?

진수 영어 점수도 같아요.

아빠 (무대 뒤에서 달려 나온다. 관객석을 향해서) 대리 부르신 분이
      요? 대리 안 부르셨어요? 전화 주신 분 아니세요? 아, 이
      손님 어디 가셨지? 대리요? 대리 부르신 분?

수학 (영수가 모두 44점이라는 말에 대답할 말을 찾기 어렵다. 한마디로
      대책 없는 놈이라는 생각에 한숨을 쉰다) 그래. 솔직하게 말해
      주마. 사실이 그래. 그런 영수 점수로는 괜찮은 대학은 쳐
      다보지도 못해. 그럼 제대로 된 직장 못 얻어. 그래서 내
      가 인생이 절망이고 캄캄하다고 한 거야. 자, 그러면 어떻
      게 해야 하느냐면……

진수 열심히 해서 상위권으로 끌어올리라는 말씀이죠?

수학 짜식 잘 아네. 그래, 바로 그거야!

진수 낮에 영어 선생님 만났거든요. 영어 선생님도 그렇게 말

씀하셨어요.

수학   상위권 도약! 그게 정답이야. 정답!

진수   상위권은 어느 정도를 말씀하시는 거죠?

수학   최소한 상위 20% 이내. 10% 이내에 들면 더 좋고. 진정한
상위권은 5% 이내에 들어야 하지만. (그러다 자신이 말하고
있는 상대를 의식하고) 뭐, 그거야 특별한 애들이지. 일단
20% 이내에만 들어도 상위권이라 할 수 있는 거야.

진수   20% 이내요?

수학   자, 계산해 보자. (주르르 펜다) 그러니까 40명 한 반에서 8
등 이내. 명실상부한 상위권은 4등 이내. 최상위권은 2등
이내야. 그래야 스카이(SKY)를 노려볼 수 있지. 그리고 중
위권은 40% 이내. 즉 16등 안에는 들어야 하지. 나머지는
하위권으로 분류돼. 이게 인문계 고등학교에서 일반적으
로 통용되는 수치라 할 수 있지.

진수   그럼 상위권에 못 든 32명은 어떻게 되는 거죠? 중위권에
도 못 드는 24명은 어떻게 되는 거죠?

수학   너 이름이 어떻게 된다고 했지?

진수   2학년 16반 32번 김진수입니다.

수학   반 번호 빼고 이름만 말해. 짜식이 소주도 날름날름 받아
먹으면서 꼭 그렇게 학생하고 선생이 술 주고받는다는 표
시 내야겠어? 누굴 엿 먹이는 거냐?

진수 알겠습니다. 김진수입니다.

수학 아이고 잘 알았다. 그래, 김진수. 그런 질문을 할 정력 있
으면 다른 데다 쏟아. 어떻게 하면 중위권으로 올라가고
상위권으로 치고 올라갈 것인지 거기에 에너지를 집중하
란 말이다. 너 어제 서른 대에 해당했다면 완전 하위권이
구만.

진수 예. 그렇습니다.

수학 뭐가 좋은 일이라고 꼬박꼬박 대답이냐?

진수 (소주를 한 잔 따라서 마신다)

수학 아, 이 자식이 이러다 취하겠네. 그만 마셔. 하여튼 그렇
다고 실망할 필요 없어. 지금부터 이를 악물고 하는 거야.
정말 이를 악물고 해 보는 거야! 내 사전에 불가능은 없
다! 나폴레옹이 알프스를 넘으면서 했다는 말 아니냐.

진수 저는 머리가 보통밖에 안 되는 것 같아요. 고액 과외를 할
형편도 안 되고요. 엄마 아빠 모두 열두 시간씩 돈 벌어도
많이 못 벌거든요.

수학 (자신의 말에 취해서) 이 선생님도 고 1때까지는 성적이 별
로 안 좋았어. 고 2부터 이를 악물고 해서 국립 사범대학
들어간 거야. 하면 돼. 이런 시간에 한 문제라도 더 풀
어.

진수 선생님 고 2때 성적이 어땠는데요?

수학 아, 자식이 별걸 다 묻네. 좋아. 내 상담을 확실하게 해 주지. 반에서 10등 이쪽 저쪽을 오락가락했다. 그걸 3등 이내로 끌어올린 거야. 그때는 한 반이 50명 정도 됐지.

진수 50명에 10등 이내면 잘하셨네요. 그리고 그때는 고액 과외 같은 거 없었잖아요. 헐렁했다고 1학년 때 영어 선생님이 그랬어요.

수학 (좀 떨떠름해서) 뭐, 그렇기야 했지. 지금처럼 박 터지게 경쟁하는 분위기야 아니었지. 하지만 다들 그때도 열심히 했어.

진수 (진지하게) 저는 머리도 별로 안 좋고, 돈이 없어 고액 과외도 못하는데 영수를 중위권으로 올리고 또 상위권으로 치고 올라갈 수 있나요? 그게 가능한가요 선생님?

수학 (듣고 보니 거의 불가능한 미션이라는 생각이 든다. 하지만 그렇게 말할 수는 없는 노릇이라 대답을 찾아보려 노력하면서) 그거야, 하여튼 노력하다 보면…… (탈출구를 찾았다) 야, 김진수.

진수 예?

수학 솔직히 난 너희들 수학 선생이야. 수학 문제라면 몰라도 그런 걸 나한테 갖고 오면 뭘 어떻게 하자는 거냐? 담임이나 상담 교사한테 가 봐. 정말로, 교사가 뭔 죄냐? (억울하다) 토요일 날 집에서 좀 쉬는 것도 못 봐주냐, 엉? (울 듯하

다) 박봉에 시달리는 이 교사가 토요일 날 좀 쉬는 것도 못 봐주냐고!

3

무대 앞쪽은 초등학교 5학년 때 담임의 집 거실이 된다(간

단한 가구로 표현하면 된다).

담임(50대의 여자) 등장하여 소파에 앉는다.

진수 등장한다.

진수   선생님 안녕하세요?

담임   오, 그래. 진수 왔구나. 앉아라.

진수   선생님 저 기억하세요?

담임   솔직히 얼굴은 기억해도 이름은 잘 안 떠올라. 오전에 네

       전화 받으면서 이름 듣고는 너희들 졸업 앨범 찾아봤다.

       사진하고 이름 맞춰 보니까 생각이 나더구나. 너 도서부

장 했지? 우리 학급 문고 아주 모범적으로 운영된 걸로 아는데.

진수 기억하시네요.

담임 그럼 기억하지. 우리 반 아이들이 책 많이 읽은 것, 진수네 공 커. 학급 문집도 만들었잖니.

진수 재미있었어요.

담임 늦게까지 남아서 교정도 보고 열심히들 했어.

진수 그때 선생님이 사 주신 짜장면 정말 맛있었어요.

담임 (웃으며) 아마 탕수육도 사 줬을 거야.

진수 예. 눈 오는 날이요. 그날 첫눈이 왔거든요.

담임 그랬구나. 참 세월이 빠르기도 하지. 네가 고 2라니까 벌써 6년이 흐른 건가? 너희 때만 해도 괜찮았어. 어느 정도 여유가 있었지. 요즘은 어떻게 된 것이 초등학교 1학년부터 영어 회화다, 3학년만 돼도 수학이다, 일제고사다, 선행 학습이다, 뭐다 해서 정신이 하나도 없어.

진수 선생님.

담임 응. 참, 그런데 무슨 일이니? 일요일이라고 해도 너희들 바쁠 텐데. 요즈음 대한민국에서 제일 바쁜 사람들이 고등학생들이라면서? 곧 3학년이 되고 말이다.

진수 선생님한테 물어보고 싶은 말이 있어서요.

담임 응 그래? 이렇게 일부러 찾아온 걸 보니 중요한 이야기인

가 보구나. 물어봐. 내가 대답할 수 있는 거라면 대답해
줄게.

진수 저 같은 애들은 인생이 어떻게 되는 건가요?

담임 (한 대 뒤통수를 얻어맞은 듯한 표정이 될 수밖에) 어! 뭐? 뭐가
말이냐?

진수 선생님은 항상 말씀하셨잖아요. 열심히 노력하면서 살면
항상 희망이 있고, 길이 열린다고요.

담임 그, 그래. 그랬지.

진수 그런데, 그게 아닌 것 같아요. 저 같은 애들은 인생이 절
망이고 캄캄하다고 하니까요.

담임 아니, 도대체 누가 그따위 말을 한단 말이냐?

진수 우리 영어 선생님과 수학 선생님이요. 영수가 중하위권인
애들은 그렇다고요. 저는 중위권도 못 되고 하위권이거든
요.

담임 너, 우리 반에서는 곧잘 했잖니. 특히 국어는 아주 잘했
지.

진수 지금도 국어는 좀 괜찮아요. 하지만 영수를 못하면 아무
소용이 없어요.

담임 다른 과목도 곧잘 했던 것 같은데……

진수 그때는 그냥 문제지도 풀고 열심히 했어요. 초등학교 때
는 그 정도 하면 따라가거든요. 하지만 중학교부터는 안

돼요. 머리가 아주 좋거나, 유명하고 비싼 학원을 다니고 고액 과외를 하든지 해야 하거든요.

담임 하는 데까지 열심히 해야지.

진수 애들 정말 열심히 하려고 해요. 그렇지만 머리 좋은 애들이 있고, 더 머리가 좋은 애들이 있고, 돈 많은 집이 있고, 더 돈 많은 집이 있고요. 그러니까 잘하는 애들이 있고, 더 잘하는 애들이 있어요. 어쩔 수 없이 상위권이 있고 중위권이 있고 하위권이 생기고요.

담임 (고개를 끄덕인다) 그렇겠다. 다 같이 경쟁하면 어차피 1등에서 꼴등까지 생길 수밖에 없으니까.

진수 그래서 중위권도 못 되는 애들은 희망이 없는 건가요? 선생님은 열심히 노력하면 다 희망이 있는 거라고 말씀하셨잖아요.

담임 그래 분명 노력하면 길을 찾을 수 있어. 난 그렇게 믿어.

진수 그런데, 중학교나 고등학교 선생님들은 그렇게 안 믿으시는 것 같아요. 주요 과목, 특히 영수를 못하면 인생 종 친다고 하시거든요.

담임 참, 너무 심한 말이구나. 그렇지만 좋은 의도로 받아들여야 하지 않겠니? 선생님들도 다 너희들이 열심히 노력하라는 뜻에서 그런 말씀들을 하시는 거야.

진수 아닌 것 같아요. 아니, 아니에요.

담임 왜 그렇게 생각하니?

진수 어제 제가 우리 영어 선생님과 수학 선생님을 만나서 물어봤거든요.

담임 뭘?

진수 영수가 하위권이면 인생 희망이 없냐고요. 절망이고 캄캄하냐고요.

담임 아니, 그래서 뭐라고 대답하더란 말이냐?

진수 솔직히 사실이 그렇다고 하시더라고요.

담임 아니, 명색이 교사란 사람들이 학생한테 그런 말을 했더란 말이냐?

진수 영어 선생님은 이렇게 말씀하셨어요. '솔직히 그런 점수 갖고는 희망을 갖기 어렵지. 열심히 해서 상위권으로 끌어올려야지. 그런 점수로는 상위권 애들과 인생 자체가 게임이 안 돼.' 수학 선생님은 이렇게 말씀하시고요. '그래. 솔직하게 말해 주마. 사실이 그래. 그런 영수 점수로는 제대로 된 대학 못 가. 그럼 제대로 된 직장 못 얻어. 그러니까 인생이 절망이고 캄캄하다고 한 거야.'

담임 (한숨을 쉰다) 정말 앞이 캄캄하구나. 사람이란 제각기 다르고 소질도 다른 건데, 영어 못하고 수학 못하면, 인생 낙오자가 된다니. 교육이 희망을 주고 사람을 키우는 게 아니고, 절망하고 실패하는 걸 가르친다니.

진수 저, 그래서요. 저는 하위권이고 상위권은 물론이고 중위
     권으로 올라갈 자신도 사실 없어요. 제가 노력해도 다른
     아이들도 그만큼 노력하니까 어렵거든요. 그 선생님들 말
     씀대로 하면 저는 그냥 절망이고 캄캄한 인생이라서요.
     너무 가슴이 답답했거든요. 선생님 어떻게 하면 좋은 거
     죠?

담임 (그냥 노력하라고 할 수도 없고, 뭐라고 대답할 말이 잘 떠오르지
     않는다) 진수야, 어떤 경우라도, 희망을 포기해서는 안 된
     다.

진수 어떻게요?

담임 (분노가 치솟지만 어떻게 해야 할 지 막막하다) 도대체, 이놈의
     교육이란 것이…… 아! 그놈의 학교란 것이…… 도대체,
     이놈의 세상이……

4

무대 앞이 교장실이 된다.

교장실에 교장이 앉아 있다.

노크 소리.

진수가 들어온다.

진수 안녕하세요, 교장 선생님?

교장 어? 학생은 몇 학년 몇 반 누구인가?

진수 2학년 16반 32번 김진수입니다.

교장 2학년 16반이라면 담임 선생님은?

진수 이영강 선생님입니다.

교장 그래, 그렇지. 이영강 선생이지. 그런데 이렇게 (벽시계를 보며) 일곱 시도 안 됐는데. 이렇게 이른 시간에 무슨 일인가?

진수 학기 초에 교장 선생님이 훈화하실 때 아침 여섯 시 반이면 출근하신다고 해서요.

교장 (학생들이 자신의 말을 귀담아 들었다는 것이 좀 흡족하다) 그렇지. 난 여섯 시 반이면 꼬박꼬박 출근하지.

진수 그리고 '사내는 용기를 낼 때는 용기를 낼 줄 알아야 한다. 예를 들어서 말이다. 이 교장한테 정말 하고 싶은 말이 있으면, 그리고 그럴 용기가 있는 사람은 교장실 문을 두드려도 좋다.' 그렇게 말씀하셔서요. 교장 선생님께 드리고 싶은 말씀이 있어서 왔습니다.

교장 (이렇게 정확하게 기억해서 기분이 좋다) 음, 교장의 말을 아주 주의 깊게 듣는 학생이구만. 성적도 우수하겠지? 참, 이름이 뭐라고 했던가?

진수 김진수입니다.

교장 내가 그 말을 한 것은, 예를 들어서 그렇다 그 말이야. 하지만, 이렇게 찾아왔으니 그리 앉아.

진수 예. (앉는다)

교장 그래 나한테 하고 싶은 말이 뭔가?

진수 제가 계속 학교를 다닐 필요가 있는가 물어보고 싶어서입니다.

교장 (놀라서) 뭐라고?

진수 지난 며칠 동안 많이 생각했습니다. 그런데 저 같은 학생은 학교를 다닐 필요가 없다는 생각이 자꾸 듭니다.

교장 학생이 도대체 무슨 소리를 하는 거야. 참, 몇 학년 몇 반이라고 했지?

진수 2학년 16반입니다.

교장 2학년이면 지금 자율 학습 시작할 때 안 됐나?

진수 30분 정도 남았습니다.

교장 담임들은 출근했겠구만. (인터폰을 한다) 아, 거기 2학년 16반 담임, 이영강 선생 말이야. 좀 바꿔 봐. 그래. 학생 이름이?

진수 김진수입니다.

교장 아, 이선생. 김진수라는 학생 그 반에 있어요? 그래요. 그 학생이 어떤 학생이에요? 응, 응. 성적은 그렇다 치고. 다른 문제는 없고? 알았어요. (끊는다) 자, 학생은 교실로 가서 공부를 하도록. 무슨 문제가 있으면 일단 담임선생하고 상의를 하고.

진수 공부해 봤자 아무 희망도 없다는데요.

교장 누가 그따위 소리를 해?

진수 선생님들이요.

교장 그래. 내가 금방 담임 선생한테 학생 성적 대강 들었어.

좀 어렵겠지. 하지만 그럴수록 노력해야지.

진수 노력해도 하위권이 상위권은 될 수 없어요. 중위권 되는
것도 쉽지 않고요. 상위권은 20% 이내니까 40명 중에서 8
등까지고, 중위권도 반에서 40% 이내라서 16등까지예요.
최소한 중위권은 돼야 조금이라도 희망이 있다고 하시던
데요. 그럼 나머지 24명은 어떻게 되는 건가요?

교장 그러니까 노력해서 그 24명에서 빠져나와야지. 16명 안에
들어가고 8명 안에 들어가야지.

진수 어쩔 수 없이 32명 안에 들고 24명 안에 드는 아이들은 어
떻게 하면 좋은가요?

교장 참, 내 별 질문을 다 받아 보는구만. 나는 교장이야. 교장
은 학생들이 공부를 잘할 수 있도록 교육 환경을 조성하
는 거야. 하여튼 이런 것은 학생이 할 질문이 아니야. 학
생은 공부를 해야지. 빨리 교실로 돌아가.

진수 교장 선생님이 질문이 있는 학생은 해도 좋다고 하셔
서……

교장 그래도 할 질문이 있고 안 할 질문이 있는 거야.

진수 꼭 교장 선생님한테 물어보고 싶어서요. 우리처럼 영수가
하위권인 학생들이 왜 학교를 다니고 교실에 앉아 있어야
하는지 말이에요. 이렇게 학교 다녀 봤자 절망이고 캄캄
하다면 왜 학교를 다녀야 하죠?

교장 (화가 난다) 학생이니까 학교를 다녀야지. 왜 학교를 다니 냐니. 그게 말이 된다고 생각해? 시키는 대로 열심히 다 녀. 그게 학생의 본분이야!

진수 아무 희망도 없는데요? 돈 내고 학교 다니고 학원 다녀도 말짱 헛짓이라는데요? 그런데, 아침부터 밤까지 고생하 고, 이게 무슨 개 같은 짓이죠?

교장 (화가 치솟아 버럭 소리를 지른다) 아니, 이놈이! 뭐, 개 같은 짓? 너, 당장 교실로 돌아가! 너 같은 놈들도 있어야 잘하 는 애들이 있지! 아니, 너 같은 놈들이 많이 밑에서 받쳐 줘야 잘하는 애들이 위에서 안정된 위치를 잡고 할 수 있 어! 교실로 돌아가! 그런 성적에 학교 다니는 것만도 고맙 다 생각해! 가서 그냥 죽치고 책상에 앉아 있으란 말이다! 교실로 꺼져! 당장!

5

진수 자기 방에서 조그맣게 웅크리고 누워 있다.

엄마 진수 방으로 들어온다.

엄마 일어나.

진수 (돌아눕는다)

엄마 왜 학교를 안 가겠다는 거니?

진수 엄마 나 지금 말할 기분 아니에요.

엄마 (획 이불을 걷고 진수를 일으킨다) 난 지금 말을 해야겠다.

진수 (할 수 없이 몸을 일으켜 앉는다)

엄마 왜 학교 안 가?

진수 필요 없으니까.

엄마 너 내가 하루에 몇 시간 서 있는 줄 아니?

진수 열두 시간.

엄마 다리가 퉁퉁 부어.

진수 알아.

엄마 그걸 아는 애가 학교를 안 가?

진수 아니까 그러는 거야.

엄마 뭐야?

진수 엄마가 그런 고생 해서 수업료 낼 필요 없어. 학원비 낼
      필요도 없어.

엄마 엄마 고생하는 줄 알면 더 열심히 학교 다니고 학원 다녀
      야지.

진수 열심히 학교 다니고 학원 다녀도 나 같은 애는 절망이야.
      캄캄하다고.

엄마 뭐야? (한 대 칠 기세다)

진수 엄마 아빠가 천재였어? 영재였어?

엄마 천재 영재가 어디 쉽니? 대다수는 그냥 보통 사람이야.

진수 우리 집이 부자야? 한 달에 100만 원 이상 과외비로 쓸 수
      있어? 영어 50만 원, 수학 50만 원. 이것도 완전 싼티 과
      외야. 좀 한다 싶으면 200만 원 이상은 있어야 돼.

엄마 그런 돈 있으면 먹고 죽겠다. 너 학원비 30만 원도 정말
      피를 짜내는 것 같은 돈이야. 진영이 20만 원까지 합하면

50만 원이야. 아빠 대리 뛰어서 한 달에 얼마나 버는지 아니? 아이고 말을 말자. 눈앞이 노랗다.

진수 이제 그 돈 쓸 필요 없어. 어차피 해 봤자 안 되니까.

엄마 이 자식이 정말 하나밖에 없는 엄마 죽는 꼴 보고 싶은 거구나.

진수 교장도 그랬어. 우리 같은 애들은 잘하는 애들 밑에서 받쳐 주는 거라고. 그래서 학교 다니는 거라고. 그냥 교실에 죽치고 앉아 있어야 한다고. 우리 같은 애들이 많이 있어야 위에서 편안하게 하는 애들이 있다고. 우리가 무슨 벽돌이야? 잘하는 애들 밑에서 받쳐 주려고 학교 다니기 싫어!

엄마 (놀라서) 정말 교장이 그런 말을 했다는 거냐? 선생들도 그런 말을 하고?

진수 내가 계속 물으니까 솔직하게 말한 거야.

엄마 아니 세상에!

진수 엄마! 우리는 절망이고 캄캄하다는 거야. 선생들이 한 말이야. 교장이 한 말도 마찬가지고.

엄마 진수야!

진수 나 학교 안 갈 거야. 나 공부 잘하는 놈들 받침돌 아니라고!

엄마 아이고, 진수야! (절망하여 주저앉는다)

진수, 일어나서 무대 앞쪽으로 나온다.

진수 저는 그날 이후 학교에 가지 않고 있습니다. 벌써 열흘이
      넘었습니다. 물론 엄마는 포기하지 않았습니다. 엄마는
      불안하고 두렵다고 합니다. 저도 마찬가지입니다. 그냥
      집에 있으니까 제 인생이 불안하고 앞날이 무섭습니다.
      그래도 학교에 가서 교실에 앉아 있기는 싫습니다. 상위
      권 아이들이 내 머리 위에 올라가 앉아 있는 것 같습니다.
      중위권 아이들까지 올라타고 있는 것 같습니다. 온몸이
      무겁고 답답해서 견딜 수가 없습니다. 가슴이 터질 것 같
      습니다.
      저는 어떻게 하면 좋은 거죠?
      어떻게 해야 하는 겁니까?
      예?

      진수 관객을 향해 서 있다.
      사이.
      서서히 무대 어두워진다.

'나'를 위한 이유

| 등장인물 |

　민수

　윤미

　형주

　동호

　성은

　지도교사

　학생주임

| 무대 |

　고등학교 강당.

　연극 연습 장소로 사용되고 있다.

1#
1장

고등학교 연극반 아이들이 학교 축제 때 공연할 연극을 연
습하는 중이다.
민수, 윤미, 동호, 성은이 관객석을 향해 반원 형태를 그리
고 서 있다.
형주(극중극의 연출을 하고 있다), 몇 걸음 떨어진 곳에서
연출 지시를 한다.

형주　자, 이제 마지막 장면이야. 자기 위치 잘 기억하고. 조명
　　　들어오면, 민수의 상상 속으로 아이들 나타난다. 이 아이
　　　들은 지금까지 민수를 괴롭히고 소외시켜 온 아이들을 대
　　　표하는 상징 같은 거라고 했지. 그 느낌 잘 살려서 해 봐.

동호   그게 어떤 느낌인지 막연해.

성은   그래. 대표나 상징이라는 말, 이해는 되지만 그걸 어떻게
        표현하지. 차라리 가면 같은 것을 써 보면 어떨까?

형주   가면?

동호   그것도 괜찮겠네.

형주   어, 그건 나중에 지도샘하고 상의해 보고, 오늘은 일단 이
        런 식으로 가 보자. 됐지?

성은   알았어.

형주   자, 지금 이 부분. 나중에 조명 되고 음향 되면 여기서 음
        향 깔리고 무대 뒤에 핀 조명 떨어진다. 민수 시작!

        민수 무대 뒤의 의자로 가서 앉는다. 동호와 성은이 민수
        의 양쪽에 가서 약간씩 떨어진 위치에 선다.

동호   아무도 널 기억하지 않아.

성은   누구도 널 돌아보지 않지.

동호   넌 잘하는 게 아무것도 없잖아.

성은   그런 주제에 무얼 기대할 수 있겠어.

민수   (작은 소리다. 말이 느리고 좀 더듬는다) 레고를, 잘 맞췄는
        데…… 삼촌보다, 빨리, 맞출 수 있었는데……

동호   네가 애들한테 따 당하는 건 너무나 당연한 거야. 넌 학급

평균도 항상 깎아 먹잖아.

성은 그것도 엄청 많이. 애들이나 담임이 어떻게 싫어하지 않을 수 있겠어. 생각 좀 해 봐. 우리 반 아이들이 나쁜 게 아니라고.

민수 반 평균, 미안해…… 항상, 시간이 좀 모자라. 답은 거의, 알겠는데, 풀기도 전에, 시간이, 끝나 버려.

동호 시간. 타이밍. 그게 바로 중요한 거야.

성은 그렇게 느려 터져서야 어떻게 하겠니. 팽글팽글 돌아가는 세상인데 말이야.

민수 생각을, 좀, 하다 보면, 어느 사이, 그렇게…… 모든 것이 너무 빨라…… 생각할 틈이 없어.

동호 생각? 지금이 멈춰 서서 생각 따위나 하고 있을 때야?

성은 뛰어! 뛰라고! 그래도 겨우 따라갈까 말까인데 무슨 생각. 생각 말고 뛰어, 정신없이 뛰어!

민수 그냥, 아이들 따라하는 것이, 잘, 잘 안 돼.

동호 (고개를 흔든다) 어휴, 어렵다. 널 보면 가슴이 꽉 막히는 것 같아. 넌 우리 반의 장애물이야! 특히 반장인 내 입장에서 보면.

성은 (역시 고개를 흔든다) 정말 어려워. 우리 반 애들 모두 널 보고 싶지 않아. 당연한 거 아니니. 너, 우리 눈앞에서 좀 사라져 주면 안 되겠니?

민수 (웅크리고 조그맣게) 미, 미안해. 난, 그냥 앉아서 공부하고,
      아이들과 어울리고, 그렇게 학교 다니고 싶은데, 왜 이렇
      게, 되는지 모르겠어. 너희들이 왜 이렇게, 나를…… 싫어
      해야 하는지, 잘, 모르겠어.

동호 그래도 모르겠어?

성은 정말 모르겠어?

민수 잘, 모르겠어. 정말, 잘 모르겠어.

성은 네가 우리 곁에 있다는 것 자체가 우리한테 도움이 안 되
      는 거야. 도움은커녕 방해지, 그것도 아주 심각하게.

동호 그렇지, 도움이 안 되는 정도라면 어떻게 참을 수가 있지.
      장애물이니까 그게 문제지. 네가 옆에 있으면 우리마저
      자꾸 뒤처지는 것 같으니까. 바보가 되는 느낌이야. 난 그
      런 느낌 정말 싫거든.

민수 그렇지만, 난 그냥 있는데, 혼자 조용히 있는데, 왜 그렇
      게 싫어하는지, 모르겠어.

동호 한마디로 넌 싫은 아이가 됐어. 그래서 싫은 거야!

성은 그래, 넌 우리가 싫어하는 아이의 대표가 된 거야. 그래서
      싫어!

동호 · 성은 (소리친다) 너, 싫어!

민수 (서서히 고개를 떨어뜨린다) 알, 알았어. 내가, 사라져 주면
      되겠니.

동호와 성은은 무대 옆으로 물러선다.

민수, 몸을 풀고 의자에서 일어나 무대 뒤 강당의 창문 앞
으로 간다. 여기서 민수가 투신 자살하는 설정이다.

형주 (무대를 보고 있다가 윤미에게 손짓을 하며) 자, 이제 엄마가 나
     타난다. 민수의 상상 속에 나타나는 거니까 너무 가까이
     접근하지는 말고. 3, 4미터 정도 거리를 주고 멈춰. 나중
     에는 돈 받는 박스 설치하고 그 안에 들어가서 할 거야.
     물론 객석 쪽은 열려 있는 거지. 지금은 그냥 제스처로 소
     화해 봐.

윤미 야, 그 박스 오늘 온다고 했잖아. 스티로폼으로 만드는데
     뭐가 그렇게 시간이 걸려.

형주 아까 전화했는데 안 받더라. 하여간, 오늘은 그냥 가 보
     자. 아, 그리고 민수야.

민수 왜?

형주 마지막에 네가 베란다 밖으로 투신하는 장면 있지. 그 세
     트도 내일이면 될 거야. 오늘은 그냥 (무대 뒤의 창문을 가리
     키며) 저 창문 위로 올라가서 객석 보면서 대사 치는 걸로
     해 보자.

동호 창문 밖으로 뛰어내리면 실감 나겠다. 별로 안 높잖아.
     밑이 풀밭이라서 푹신할 거고.

64

형주 뛰어내리면 강당 한 바퀴 돌아서 와야 하잖아. 그럴 필요
      까지는 없고. 그냥 폼만 잡아 보면 돼. 자, 계속한다. 윤미
      등장.

          윤미(민수 엄마 역할이다)가 몇 걸음 앞으로 나선다.
          윤미는 고속도로 톨게이트에서 돈을 받는 일을 한다. 따라
          서 윤미는 돈을 받고 인사를 하는 등 동작을 하면서 관객
          을 보고 대사를 한다. 윤미가 민수의 상상 속에 나타나는
          것이다.

윤미 (인사를 꾸벅하며) 고맙습니다, 안녕히 가세요. 민수야!
민수 (창문 앞에서 돌아선다) 엄마.
윤미 안 돼 민수야. 넌 누구보다 소중한 내 아들이야.
민수 (엄마와 말을 할 때는 더듬지 않는다) 엄마. 난 너무 문제가 많
      은 아이예요.
윤미 누가 그런 말을 해. 네가 무슨 문제가 많단 말이야?
민수 아이들이 다 그렇게 생각해요. 선생님들도 그렇고요.
윤미 넌 아무 문제도 없어. 열심히 생각하고 차분하게 행동하
      는 아이야. 이 엄마한테는 착하고 소중한 아들이야. 그따
      위 말들 듣지 마. (인사하며) 고맙습니다, 안녕히 가세요.
민수 엄마한테만 그런 거예요. 아무도 그렇게 생각하지 않아

요. 방해, 장애물. 사라져야 할 아이. 그게 나예요.

윤미 (경악한다) 아니야! 왜 네가 장애물이야? 왜 사라져야 할 아이야? 아니야!

민수 엄마. 엄마만 빼고 다들 그렇게 생각해.

윤미 아니라니까, 아니라고! 넌 소중한 사람이야! 그걸 잊어선 안 돼. (인사하며) 고맙습니다, 안녕히 가세요.

민수 (서서히 창문 앞으로 간다) 엄마 미안해. 오랫동안 참고 견뎌왔거든. 그런데 이제 안 되겠어. 더 이상 견디기 힘들어. 내 등을 떠미는 힘이 너무 강해. 견딜 수가 없어. 미안해. 엄마, 정말 미안해.

민수가 창문을 연다.
이때 무대 왼쪽에서 지도교사 등장.
민수, 창틀로 올라선다.
창틀에 올라서서 무대를 향해 돌아선다.

민수 애들아. 나 너희들을 용서해. 엄마 미안해. 안녕. (창밖을 향해 돌아선다)

형주 스톱. 조명 아웃! (지도교사를 발견한다) 선생님.

지도교사, 걸어와서 무대 가운데에 선다. 아이들 지도교사를 중심으로 자유롭게 둘러선다.

지도교사 (무대 옆의 의자를 끌어당겨 앉으며) 자, 앉아 보자.

아이들 예. (의자들을 가져다 적당한 간격을 두고 앉는다)

지도교사 (한숨을 쉰다)

형주 선생님 왜요?

지도교사 좀 문제가 생겼다.

형주 문제요?

윤미 문제라니요?

지도교사 아까 학생주임 선생님이 좀 보자고 하더라. 그래서 상
담실에서 이야기를 했는데……

윤미 학생주임 선생님 어제 오셨다 갔잖아요.

형주 대본을 좀 볼 수 없냐고 해서 파일로 보낸다고 했어요. 민
수야, 네가 보냈지?

민수 응, 어제 저녁에 보냈어.

지도교사 그래, 민수가 보낸 대본 읽었다고 하시더라. 물론 어
제 연습할 때 그 장면 보기도 했고.

민수 그 장면이요?

지도교사 금방 한 장면. 결말 부분 말이야.

형주 결말이 어때서요?

동호 무슨 문제가 있대요?

지도교사 참 그게……

성은 (답답하다) 선생님!

지도교사 한마디로 그런 결말은 안 된다는 거다. 대본을 수정
        해야 한다는 거야.

형주 예?

윤미 어떻게요?

지도교사 민수가 죽는 장면 있잖니. 그것을 바꿔야 한다는 거
        야. 마음을 돌려서 죽지 않는 걸로.

민수 그건 안 돼요!

형주 수없이 토론하고 토론했잖아요. 그래서 지금처럼 하기로
      했잖아요.

윤미 선생님도 이런 결말이 좋다고 했고요.

동호 · 성은 맞아요.

지도교사 안다. 나도 너희들의 공동 창작 과정에 참여했으니
        까. 그런 결말이 좋다고 동의했고. 그런데 말이다……

민수 인물이 죽는 것과 그냥 사는 것은 너무 달라요. 전혀 달라
      져요.

지도교사 그래, 다르지. 나도 학생주임한테 그 점을 충분히 이
        야기했어. 강조하고 강조했지. 그래야 작품이 산다는 걸
        내가 잘 아니까. 하지만, 학생주임은 요지부동이야.

형주 학생주임 선생님은 도대체 왜 그러는 거예요?

지도교사 이런 거야. 학교 내에서 하는 연극에서 학생이 자살하는 건 용납할 수 없다는 거지.

민수 연극 속 인물이 죽는 거예요. 진짜 누가 죽는 게 아니잖아요. 그 죽음을 통해 이야기하려는 것이 중요하잖아요.

지도교사 그래, 그게 중요하지. 나는 잘 알아. 그런데, 지금 더 중요한 건 우리가 연극을 무대에 올려야 한다는 거 아니냐. 우린 학교 축제에 연극을 올려야 하고, 학교에서 지원도 받아야 해. 그런데, 학생주임이 제동을 걸고 나섰어.

형주 학생주임 선생님이 무슨 자격으로 대본을 고치라는 거예요?

지도교사 학교 내에서 공식적으로 열리는 학교 행사니까 간섭할 권한이 있다고 할 수도 있겠지. 학교 축제는 학교의 허락과 지원을 받아 개최되는 거니까.

윤미 그래도 대본의 내용까지 이래라저래라 할 수는 없어요. 이건 아니지 않나요.

이때 무대 오른쪽 뒤에서 학생주임 나타난다.
무대 위의 인물들은 그의 등장을 눈치채지 못한다.

민수 학생주임 선생님은 겨우 한 번 연습을 봤을 뿐이에요. 뭘 어떻게 알고 이래라저래라 하시는 거죠?

학생주임   (쓱 나선다) 대본도 읽었다. (놀라는 지도교사와 아이들 쪽으로 걸어가면서) 그 부분 두 번이나 읽었어. 교감선생님도 읽으셨다. 내 판단만이 아니다. 교감선생님도 같은 의견이시다. 학교 안에서 축제 때 하는 공연이야. 주인공 학생이 자살하는 것은 큰 문제다. 그건 안 된다! 절대로!

2장

다음 날.

민수, 윤미, 형주가 무대 위 의자에 앉아 있다.

연습이 시작되기 전이다. 지도교사와 아이들을 기다리고

있다.

형주 어떻게 해야 하지?

윤미 뭘 어떻게 해. 우리가 연습한 대로 해야지. 벌써 한 달도
     넘게 연습했어. 공동 창작 시작한 때부터 계산하면 세 달
     도 더 돼. 이제 열흘밖에 안 남았어. 지금 와서 바꾼다는
     게 말이나 돼?

형주 나도 말이 안 된다고 생각은 해. 하지만 어제 학주가 말하

는 거 못 들었냐? 엄청 강경하잖아. 학교에서 저렇게 나오면 이거 보통 문제가 아니야.

민수 물론 문제는 큰 문제지. 하지만 그걸 따를 수는 없어. 우리는 우리가 쓴 대로 공연해야 해.

윤미 지도샘이 다시 한 번 이야기해 본다고 했으니까 기다려 보자.

형주 선생님도 중간에서 힘드실 거야. 학주에 교감선생까지 강하게 나오면 무슨 힘이 있겠냐. 답답하니까 한 번 더 이야기해 본다는 정도지.

윤미 그래도 미리 포기하지는 말자.

민수 그래. 아무튼 그 결말을 바꿀 수는 없어.

형주 (고개를 끄덕인다) 그래. 원래대로 할 수만 있으면 좋겠어.

지도교사 등장한다.

걸어와서 아이들 옆의 의자에 앉는다.

윤미 어때요 선생님?

지도교사 (고개를 흔들며) 불가능이야. 전혀 설득되지가 않아. 혹시 나중에 학생들이 무슨 사고라도 내면 어떻게 하겠느냐는 거야.

형주 사고요?

지도교사 우리 연극처럼, 그런 일이 벌어지지 않는다고 장담할
        수 있냐는 거지.

민수 그러니까 학생 중 누가 자살이라도 하면, 자살 장면이 있
      는 우리 연극이 책임이 있고, 그걸 공연하게 한 학교도 책
      임이 있다, 그런 말이에요?

지도교사 그런 맥락이지.

윤미 그건 우습네요.

민수 황당해요. 그럼 학생들은 영화도 안 보고, 소설도 안 읽
      고, 그래야 하잖아요. 영화나 소설 속에서 수없이 많은 인
      물들이 죽잖아요.

지도교사 그래. 나도 좀 우습고 황당하다고 생각해. 하지만, 이
        게 현실이야. 학교에서는 약간의 문제라도 생길 것 같으면
        미리 피하기에 급급하지. 학부모는 무슨 문제라도 생기면
        학교에 모든 책임을 물으니까 학교만 욕할 수도 없어. 이
        거 나도 교사 입장이라서 공평한 시각인지는 모르겠다만.

형주 하지만요. 이건 너무한 것 같아요. 연극 내용과 현실을 혼
      동하는 것도 같고요.

지도교사 나도 그 생각에 충분히 동의할 수 있어. 허구와 현실
        을 혼동하는 거지. 하지만 어떻게 하겠니? 학교 측의 태도
        는 너무 완강해. 바꾸지 않으면 지원은 물론이고 공연 자
        체를 허락할 수 없다는 거야.

민수 무슨 권리로 막는 거죠?

지도교사   교칙에 나와 있어. 학교 내에서 벌어지는 학생들의
행사는 학교장의 허락을 받아야 한다고.

윤미 그럼 교장선생님한테 말씀드려 보죠. 학주나 교감선생만
안 된다면서요.

지도교사   (고개를 흔든다) 학생주임이나 교감선생이 안 된다고
하면 그건 교장선생 말이나 마찬가지야. 학생들 일은 학
생주임이나 교감선생에게 그대로 맡기는 양반이니까. 윤
미야, 미안하지만 그거야말로 전혀 현실성이 없는 제안이
야.

형주 그럼 어떻게 하죠?

그때 동호와 성은 등장한다.

동호 죄송해요, 청소 검사가 늦게 끝나서······

성은 야, 너희 담탱이는 무슨 청소 검사에 그렇게 꼬장꼬장 난
리냐. 기다리느라 지루해 죽는 줄 알았잖아.

지도교사   꼬장꼬장한 담탱이 여기도 하나 있다.

성은 (그제야 지도교사를 의식하고) 죄송해요 선생님.

지도교사   죄송한 거 아는 놈이 말은 거침이 없구나. 그건 그렇
고, 와서들 앉아라.

형주 야 너희들 어떻게 했으면 좋겠냐?

동호 뭘?

성은 숨 좀 쉬자.

형주 학교에서 연극 못하게 한다잖아. 바꾸지 않으면 말이야.

동호 아이 씨. 학주는 왜 연습을 보러 와서 난리야. 축제 때까지 그냥 안 봤으면 이런 일도 없을 거 아냐.

성은 당나귀 방귀 뀌는 소리. 하나 마나 한 말이라는 생각 안 들어? 일은 이미 벌어졌잖아.

동호 야, 답답하니까 해 보는 소리 아니냐.

지도교사 너희들도 알다시피 공연까지 열흘 정도밖에 안 남았어. 시일이 없어. 다른 말로 해서 학교와 밀고 당기고 할 시간이 없다는 뜻이야. 결정해야 해.

윤미 결국 학교 말을 따르라는 거예요?

지도교사 내가 학생주임은 물론이고 교감선생과도 충분히 이야기해 봤어. 어제, 오늘 몇 시간이나. 최선을 다해서 설득하려고 했어. 하지만, 한마디로 불가능했어. 그래. 윤미 네 말대로 우리가 학교 뜻을 따르는 수밖에 없을 것 같아.

민수 안 돼요. 저는 동의할 수 없어요.

지도교사 공연을 할 수 없는데도? 결말을 바꾸지 않으면 학생부에서는 축제 지원금을 주지 않을 거야. 지원금 받아야 무대 만들고 밥값도 할 수 있어. 잡비 쓰는 것도 그렇고.

윤미 그런 돈이라면 우리가 마련할 수도 있어요. 어떻게든지 마련하고 나중에 알바를 해서라도 갚죠 뭐.

성은 (윤미를 툭 치며) 야, 무슨 알바는. 우리 엄마 알면 나 죽어.

동호 솔직히 그럴 시간은 없지.

지도교사 사실 지원금이 문제는 아니겠지. 비용이야 어떻게든 마련할 수도 있지. 문제는, 축제 때 무대에 올리는 게 불가능하다는 거야. 바로 그게 핵심이야.

민수 아무튼 저는 동의할 수 없어요. 결말을 바꾸면 의미나 느낌이 완전히 달라져요. 정말 달라져요. (강하게) 그건 안 돼요!

윤미 저도 민수의 의견에 동의해요. 우리 완전 뻥 갔잖아요. 지금 같은 결말 생각해 내고 너무 신났잖아요. 그 부분 대사 죽이잖아요. 연습해 보니까 포스 끝내주고요.

지도교사 안다 알아. 나도 그 결말이 좋다고 생각한다고 했잖니. 이런 말을 해야 하는 내 마음 정말 편치 않아. 솔직히 아주 엿 같아. 하지만 말이야. 지금은 우리가 연습한 이 공연, 너희들이 지난 여름 방학 내내, 정말 금쪽 같은 시간 쪼개서, 땀 뻘뻘 흘려 가며 연습한 이 공연이 사느냐 죽느냐 하는 문제에 부딪혔어. 안타깝지만 이게 현실이야. 어떻게 했으면 좋겠니?

지도교사의 말에 동호와 성은은 마음이 움직인다. 생각해 보니 공연을 포기할 수는 없다는 생각이 든 것이다. 형주는 고민을 하고 있는 중이다. 민수는 완강하게 고개를 흔든다. 민수의 강경한 태도는 주변 사람에게도 느껴질 정도다. 여친이어서 민수에게 신경을 쓰는 윤미도 자연스럽게 고개를 흔들어 스스로에게 반대의 의사를 확인한다.

지도교사 상황을 직시하고 생각해 보자. 결말을 바꿔서 무대에 올릴 것인지, 아니면 지금까지 연습한 것을 포기하고 말 것인지. 그렇게 되면 이번 대명고등학교 축제에서 우리 연극반 '목소리'의 공연은 없는 거야. 인생에는 말이야, 피하고 싶은 선택이지만 어쩔 수 없이 선택해야 하고, 쓴 잔이지만 할 수 없이 마셔야 할 때가 있는 것 같다. 바로 지금이 그런 지랄 같은 때인 것 같아.

동호 공연을, 포기할 수는 없어요. 3학년 되기 전, 마지막으로 해 보는 연극인데요. 그리고, 정말 힘들게 연습해 왔잖아요. 그럴 수는 없어요. 공연을 포기할 수는 없어요!

성은 저도 그래요. 축제 때 공연해야 해요. 중학교 친구들한테도 꼭 오라고 했는데. 하여간 이대로 그만둔다는 것은 말도 안 된다는 생각이에요.

지도교사 그래. 동호와 성은이의 의사는 알겠어. 공연을 위해서는 결말을 수정하는 것을 받아들일 수밖에 없다는 거지?

동호·성은 예.

지도교사 윤미는?

윤미 전, 조금 전에도 말했지만, 이건 말이 안 된다고 생각해요. 너무 기분도 나쁘고요. 우리가 힘들여서 만든 대본을, 정말 고민하고 입이 아프게 토론하면서 쓴 것을, 남이 이래라저래라 한다는 것 자체가 너무 속이 상해요. 전 받아들이기 힘들어요.

지도교사 네 뜻 알겠다. 민수는?

민수 저는 분명히 반대예요. 제가 죽는 아이의 역할을 하잖아요. 그 아이는, 그러니까, 그 상황에서 죽어야 해요. 연습할 때마다 그걸 느껴요. 너무 살고 싶은 그 아이의 마음은, 그렇게 죽어야, 무대에서 정말 잘 살아난다고 말이에요. 그걸 바꾼다는 건, 정말…… 말이 안 돼요. 안 돼요. 저는 결코 동의할 수 없어요!

지도교사 민수 네 뜻도 잘 알겠다. 자, 이제 형주는? 넌 '목소리' 의 반장이기도 하니까 더 어깨가 무겁겠다만, 너도 네 자신의 의사를 밝혀야겠지?

형주 정말, 어려운 문제 같아요. 먼저 선생님께 확인하고 싶은 게 있어요, 아까 말씀하시기는 했지만. 이런 결말로는 축제 때 공연이 정말 불가능한가요? 교감선생님이나 교장

선생님이 허락할 가능성은 전혀 없는 건가요?

지도교사　없어. 내 판단으로는 제로에 가까워. 아니 제로야. 오
　　늘도 아무리 이야기해도 꼼짝도 않더라. 이런 말하기 솔
　　직히 쪽 팔려서 안 하려고 했다만, 내가 책임을 진다는 각
　　서까지 써 놓고 공연하겠다고 해도 안 된다더라. 아이들
　　한테 나쁜 영향을 끼치는데 각서가 무슨 소용이냐고. 나
　　중에 무슨 일이 생기면 각서가 책임을 질 수 있느냐고.

민수　(참지 못하고 강한 목소리로) 왜 그게 나쁜 영향을 미친다는
　　건가요? 생기기는 무슨 일이 생긴다는 거예요? 예?

지도교사　민수야. 이미 이야기했잖냐. 학생주임이나 교감선생
　　님은 우리와 다르게 보고 판단하는 거야. 그 시각과 판단
　　을 도저히 바꿀 수 없고. 답답해도 어떻게 할 수가 없어.

형주　그럼 다른 가능성은 없을까요?

지도교사　이럴 수는 있겠지. 그냥 우리 연극반 아이들이 강당
　　에 모여서, 일요일 같은 때, 조용히 공연해 보는 것. 그거
　　야 가능하겠지. 하지만, 관객이 없는 공연, 무대에서 관객
　　을 만나지 못하는 공연을 연극이라고 할 수는 없을 것 아
　　니냐. 그냥 연습이 되고 마는 거지.

형주　우리들끼리 연습이나 하고 말자고 땀을 흘린 건 아니에
　　요. 축제 때 공연을 해야 해요.

성은　그래, 해야 해.

동호 세 달이나 생고생하고 포기하면 이게 뭔 쌩쇼냐.

형주 저는 정말, 학교에서 연극 내용에 이렇게 간섭하는 거, 인
      정할 수 없어요. 하지만, 공연은 해야 한다고 생각해요.
      공연을 포기할 수는 없어요.

민수 그래. 우리 연극을 포기할 수 없어. 그래서 그런 수정은
      말이 안 돼.

지도교사 형주 뜻 잘 알겠다. 민수 네 기분도 잘 알고. 내 마음
      도 정말 편치 않아. 그리고, 지도교사로서 부끄럽기도 해.
      이런 것도 지켜내지 못해서 말이야. 하지만, 지금은 그런
      감정에 빠져 있을 수는 없어. 결정하고 실행해 나가야 하
      는 시간이니까.

민수 선생님.

지도교사 말해 봐.

민수 선생님은 제 반대를 기분이라고 하셨는데 저는 기분으로
      이러는 거 아니에요.

지도교사 어? 아. 내가 기분이라고 한 건, 뭐랄까, 지금 네 감정
      상태가 그럴 거라는……

민수 감정으로 이러는 것도 아니고요. 저는 이게 부당하다고
      생각하는 거예요. 우리가 만든 연극이잖아요. 그 연극의
      내용을 가지고, 인물이 죽을 상황에서 죽는 걸 바꿔서 살
      려야 한다, 이러는 게 말이 된다고 생각하세요? 학교에서

는 이런 부당한 요구를 하고, 왜 우리는 그런 요구를 받아
들여야 하죠?

동호   선생님이 말씀하셨잖아. 학교에서 공연을 할 수 없다고
한다잖아. 절대로 안 된다고 그런다잖아.

성은   우리는 공연을 해야 하고.

지도교사   아무튼 민수 네 생각은 잘 알겠다. 이게 꼭 민주적인
투표를 하고 어쩌고 할 문제는 아닌 것 같다만, 그래도 일
단 정리는 해 보자. 성은이 동호 형주는 공연을 올리려면
수정을 받아들여야 한다는 쪽이고, 민수와 윤미는 수정에
동의할 수 없다는 쪽이다. 맞지?

민수   예. 전 수정에 동의할 수 없어요. 그 인물 그런 식으로 만
들 수는 없어요. 작품 망치는 거니까요.

윤미   맞아요. 저도 민수 의견에 동의해요. 그건 아니라는 생각
이니까요.

지도교사   (일어선다) 내가 더 이상 이 자리에 있는 건 좀 그렇다
는 생각이 드네. 문제의 윤곽을 드러내 주는 이 정도로 멈
춰야 할 것 같아. 더 이상 개입하면 나도 강요하는 식이
되겠지. 동아리 지도교사가 돕지는 못할망정 강요하는 역
할이나 맡아서는 안 되겠지. 나머지는 너희들이 상의하고
토론해서, 판단하고 결정해. (나가려 한다)

형주   선생님.

지도교사 왜?

형주 선생님은 어느 쪽인가요? 수정을 해서 공연을 하는 선택
과 수정을 거부하는 쪽 말이에요.

지도교사 그래. 나도 연극반의 일원이니까 의사를 밝힐 의무와
권리가 있겠지. 내 의사는 내 말의 맥락에 이미 나왔다는
생각을 한다만. 나는 수정을 해서라도 공연을 해야 한다
고 생각해. 그렇게라도 공연하면 이 과정에서 배우는 게
있을 거야. 공연하지 않으면 아무것도 배우지 못할 테고
말이야.

　　지도교사 나간다.
　　아이들 서로 할 말을 찾지 못하고 고민에 빠져 있다.
　　사이.

성은 아, 배고파. 고민하는 거 이거 되게 에너지 소모되네.

동호 뭐 좀 먹자. 사다리 게임하자.

형주 (웃으며) 좋아. 고민은 고민이고 간식은 간식이다. (종이를
꺼내 그린다) 자, 하던 방식대로 한다. 누구부터 시작할까?

동호 나부터 타지. 빵 원으로 간다.

성은 빵 원 좋아하시네. 3,000원 당첨.

동호 에이, 오늘 기분도 꿀꿀한데 이거까지 쏘네.

성은 자, 나도 가 보자. 1,000원. 준수하네. (민수에게) 자, 심각
　　　소년 윤민수.

민수 자. (그냥 호주머니에서 돈을 꺼내 준다)

성은 뭐냐. 5,000원씩이나 그냥 던지냐.

형주 이왕 시작한 거니까 게임으로 해.

민수 그냥 낸다니까.

동호 사다리를 타. 그냥 내는 돈은 못 받아.

윤미 지금 니들은 게임 할 기분이 나냐?

성은 야, 누구는 기분이 좋아서 이러는 거냐. 다들 기분 더러우
　　　니까 좀 풀어보자는 거 아냐. 뭐 그렇게 티 내고 난리야.

윤미 뭐? 넌 내가 무슨 티를 냈다고 그래. 사람 좀 가만두란 말
　　　이야.

동호 민수한테 말하는 거잖아. 왜 니가 나서고 그러는데?

윤미 같은 연극반원이야. 우리끼리 일에 말도 못해?

형주 (버럭) 그만들 둬! 우리끼리 왜 이래. 이 꼴 되려고 방학 때
　　　보충까지 빼면서 연습한 거야? 정말 유치하게 왜 이래?

　　　　모두들 조용해진다.
　　　　사이.

동호 (불쑥) 공연하자.

성은 공연?

동호 그 결말 때문에 공연 포기할 수는 없잖아.

성은 맞아. 포기할 수 없어.

동호 죽는 걸 사는 걸로 바꿔도 큰 문제가 되는 건 아니잖아.

성은 그래, 처음 대본에는 그렇게 되어 있었잖아. 그런 식으로
       연습하기도 했고.

민수 (버럭) 그건 안 돼!

동호 야 임마 왜 소리는 지르고 그래? 그런다고 해서 네 역할이
       줄어드는 것도 아니잖아.

성은 그래. 자살을 포기하고 살게 하면 뒷 장면도 더 늘어날 수
       있겠네.

민수 역할? 누가 그런 것 때문에 이러냐? 역할 좀 줄고 늘어나
       는 게 뭐가 문제인데?

동호 우리 같은 조연은 큰 문제지.

성은 나도.

동호 역할 줄이다 보면 조연은 아예 무대 밖으로 사라질 수도
       있잖아.

성은 주연은 모르는 조연의 비애!

윤미 (버럭) 너희들 지금 장난해?

동호 애도 버럭이네.

성은 야, 남친은 남친이고 연극은 연극이야.

윤미 정말 너희들……

형주 그만들 해. 머리를 맞대고 힘을 모아도 시원찮을 판이야.
　　　우리끼리 왜 이러는 건데.

동호 몰라서 물어? 지금 우리 의견이 모아지지 않잖아. 공연을
　　　포기해야 할 판이잖아. 주인공과 그 어머님께서 포기 한
　　　다잖아.

성은 우리 같은 조연이야 나자빠지면 애들 어디서 꾸어다나 쓰
　　　지. 주연은 바꿀 수도 없잖아.

동호 그래서 배짱 부리는 거야 뭐야?

성은 우린 배짱 부릴 자격도 없어요.

윤미 너희들 정말……

민수 배짱 부리는 거 아냐. 그게 아니니까, 그래서는 안 된다고
　　　생각하니까 이러는 거지.

형주 민수야. 생각 좀 다시 해 보자.

민수 충분히 생각했어. 어젯밤부터 내내.

형주 너 혼자만의 문제가 아니잖아.

민수 나 혼자의 문제라고 생각한 적 없어.

형주 네가 고집을 부리면 이번 축제에 우리 공연 못해.

민수 이게 고집이냐? 그리고 그렇게 해서 공연하면 뭐 하나?

형주 야, 공연 쉽게 말하지 마. 우리 모두 엄청 땀 흘리고 고생
　　　했어. 공연을 위해서 말이야.

민수   그래서 그러는 거야. 그렇게 고생하고 땀 흘려서 이러는
거라고. 그렇게 만든 걸 포기할 수 없다는 거야.

형주   포기할 수 없으니까 공연하자는 거 아니야. 결말 바꿔서
연습하자.

민수   나도 포기할 수 없어서 이러는 거야. 우리가 만든 이 연극
을 포기할 수 없어서 이러는 거란 말이야. 결말 그렇게 바
꾸면 안 돼.

형주   정말 답답하네. 말이 안 돼.

동호   투표해. 투표로 결정하자.

성은   그래 민주주의니까 다수결로 가야지.

윤미   이게 그런 문제가 아니잖아.

민수   (벌떡 일어난다) 투표를 하건 말건 마음대로 해. 난 안 해!
(뛰쳐나간다)

윤미   (따라나가며) 민수야! 민수야!

동호   아, 씨. 즈네들만 연극하냐.

성은   아, 쟤들 영화를 찍네 찍어.

형주   (대본을 집어 던지며) 아, 정말 못해 먹겠네.

동호   자식 저거 주인공이라 튕기는 거 아냐?

성은   뭐, 튕기는 것 같지는 않고. 민수 쟤 한 고집 하잖아.

동호   누구는 고집이 없어서 조연하면서 꼬박꼬박 시간 지켜 나
왔냐?

형주 야, 강동호. 너 조연, 조연 너무 그런다. 그 배역, 처음부터 네가 맡겠다고 나선 거잖아. 넌 바빠서 주연 대사 외울 시간 없다고 말이야.

동호 그건, 뭐. 너희들이 그렇게 밀어붙이는 분위기였으니까 그렇지. 인물 분위기가 딱이라고, 특히 서형주 연출께서 강력하게 추천하셨잖아.

형주 아, 자식 비겁하게 이제 와서.

성은 너희들 왜 이래? 쪽 팔리게 책임 타령이나 하고. 지금 공연을 하느냐 못하느냐 하는 판국에 이래도 되는 거냐!

동호 미안해. 민수 자식 때문에 열 받아서 그만, 잘못 튄 것 같아.

형주 그래, 성은이 말이 맞아. 하여간 오늘 연습은 못할 것 같고 내일 보자.

동호 어떻게 내일은 연습이 되겠냐?

형주 설득을 해 봐야지. 축제 때 우리 연극반이 공연을 못한다는 게 말이 안 되잖아. 우리 기수에서 공연 끊어지면 선배들 어떻게 볼 건데. 자, 내일 이 시간에 보자.

3#
3장

민수 무대에서 혼자 마지막 장면의 연기를 한다.

민수　(서서히 창문 앞으로 간다) 엄마 미안해. 오랫동안 참고 견뎌
　　　왔거든. 그런데 이제 안 되겠어. 더 이상 견디기 힘들어.
　　　내 등을 떠미는 힘이 너무 강해. 견딜 수가 없어. 미안해.
　　　엄마, 정말 미안해.

　　　민수가 창 앞으로 가서 창문을 연다.
　　　민수, 창틀로 올라선다.
　　　창틀에 올라서서 무대를 향해 돌아선다.

민수　애들아. 나 너희들 용서해. 엄마 미안해. 안녕. (창밖을 향해 돌아선다)

사이.
이 장면 연습을 끝낸 민수, 관객석을 향해 돌아선다.
이때 무대 밖에서 핸드폰 벨소리와 함께 형주의 "여보세요?" 하는 목소리.
멈칫 굳어 있던 민수 몸을 돌려서 강당 밖으로 뛰어내린다.
거의 동시에 형주 들어온다.

형주　예, 선생님. 연습할 거예요. 축제 때 빠질 수 없죠. 오늘 연습해야죠. 알겠습니다. (끊는다. 핸드폰으로 시간을 본다.)

윤미　(무대 왼쪽에서 들어온다) 무슨 일이야? 왜 일찍 보자고 했어? (형주 앞의 의자에 앉는다)

형주　어젯밤에 통화했잖아.

윤미　졸려서 제대로 못 들었어.

형주　너무 속 보여. 그만둬.

윤미　네가 보는 내 속이 뭔데?

형주　뻔하잖아. 공연해야 한다는 거 너도 이해하잖아. 너 어젯밤 통화할 때 거의 다 인정했어.

윤미　인정한 적 없어. 이해하는 거하고 인정하는 거하고는 달라.

형주 억지 부리지 마. 우리 한 시간 가까이 통화했어. 끊을 때
    쯤에는 우리 생각 별 차이 없었어.

윤미 (자신이 형주의 말을 인정한다는 사실을 피하고 싶다) 졸렸다니
    까!

형주 (차분한 목소리다) 우리가 '목소리' 몇 기냐?

윤미 왜 물어? 반장님이 더 잘 알 텐데.

형주 15기야. 선배들 한 번도 축제 때 공연 안 한 적이 없어. 우
    리 기수에서 끊어 버릴 거야?

윤미 누가 그런대?

형주 그러니까 공연해야 한다는 거 너도 충분히 인정하잖아.

윤미 그래, 좋아. 인정해. 자 됐어? 그런데 왜 미리 보자고 했
    어? 어제 반대해서 그런 거야? 그럼 인정했으니까 됐네.
    (핸드폰으로 시간을 보고) 아직 모일 시간 30분 이상 남았어.
    나중에 보자. (일어서려고 한다)

형주 앉아. 곧 민수가 이리 올 거야. 내가 좀 보자고 했어. 너하
    고 먼저 이야기하려고 민수하고는 좀 늦게 시간 잡았어.

윤미 민수가 오는데 내가 왜 여기 있어?

형주 몰라서 물어?

윤미 모르니까 묻지.

형주 민수가 마음을 바꿔야 하잖아. 민수 없으면 공연 못해.

윤미 어려울 거야.

형주 너 공연해야 한다고 했지. 그럼 민수가 마음 바꿔야 하는 거 아냐?

윤미 그래서?

형주 느네 사귀는 거 비밀 아니니까 내숭 떨 필요 없고. 네 말은 들을 거 아냐? 네가 어제는 민수 입장 생각해서 민수 편들어 줬고. 솔직히 안 그래?

윤미 민수 생각해서 그런 거 아니야. 나도 학교에서 이렇게 간섭하는 거 마음에 정말 안 들어.

형주 그거 마음에 드는 사람 우리 중에 누가 있냐? 지도쌤도 얼마나 자존심 상하겠냐. 할 수 없으니까 받아들이는 거지. 그건 너도 이해한댔잖아.

윤미 하여간.

형주 알아, 네 기분. 내 기분도 더러워. 그래도 공연은 해야 해. 축제 때 연극반이 빠진다는 게 말이 되니?

윤미 (고개를 끄덕인다) 말이 안 되기는 하지.

형주 (일어선다) 민수랑 이야기 좀 잘해 봐.

윤미 반장이 이야기해.

형주 내가 그런 능력이 안 돼서 이러는 거 아니냐. 부탁해. (나간다)

윤미 반장! 야, 형주야!

일어났다 주저앉는다.

생각한다.

사이.

고개를 끄덕이면서 마음을 굳힌다.

민수가 무대 오른쪽으로 들어온다.

민수 (윤미 옆으로 다가와서 앉으며) 아직 모일 시간 아니잖아.

윤미 어, 응.

민수 (두리번거린다)

윤미 반장 찾아?

민수 (시계를 보며) 40분에 여기서 보자더라. 딱 지금 40분이네.

윤미 조금 전에 갔어.

민수 가? 왜?

윤미 나한테 떠넘긴 거지.

민수 뭘 떠넘겨?

윤미 이 문제 말이야. 민수야, 나도 어젯밤에 생각 많이 해 봤
     거든. 그런데, 그게……

민수 말해 봐.

윤미 반장이 어젯밤 전화했더라. 거의 열두 시 다 됐을 거야.
     반장도 고민을 많이 하나 보더라고. 반장과 통화한 거 때
     문에 이렇게 생각한 건 아니고.

민수 어떻게?

윤미 그러니까……

민수 말해 보라니까.

윤미 민수야, 우리, 그냥 공연하자.

민수 뭐?

윤미 그냥 공연하자고!

민수 그냥 공연해?

윤미 네 마음 잘 알아. 하지만 축제 때 우리 연극반이 공연을
      안 할 수는 없잖아.

민수 내 마음을 잘 안다고……

윤미 그래, 어제 연습 끝나고, 아니 연습도 못했지. 내가 너 따
      라 나가서 이야기 많이 했잖아.

민수 그랬지. 너도 내 생각에 동의한 걸로 아는데.

윤미 그랬어. 하지만 그 뒤에도 생각 많이 했어. 지금도 네 생
      각이 틀렸다는 건 아니야. 우리가 만든 대본을 학주나 교
      감이 고치라는 건 말이 안 된다고 생각해. 연극 내용 제대
      로 이해도 못하면서 말이야. 그래서 네 의견에 동의한 거
      야. 하지만 공연을 포기한다는 건…… 더 아니라는 생각
      이야.

민수 그래. 공연을 포기할 수는 없어. 우리가 만든, 우리 연극
      의 공연 말이야. 그걸 누가 뜯어고치라 한다고 고쳐 버리

면, 그건 우리 연극이 아니야. 우리 연극 공연 포기할 수 없기 때문에 내가 이러는 거야.

윤미 아무튼, 난 네 생각에 동의하면서도 공연은 해야 한다고 봐.

민수 고치라는 대로 고쳐서 말이야?

윤미 공연하려면 어쩔 수 없으니까.

민수 그럼, 그건 내 생각에 동의하는 게 아니지.

윤미 (좀 짜증이 난다) 넓게 생각해 봐. 대본을 고치는 건 물론 안 좋아. 하지만 공연은 해야 해. 작품 다 고치는 것도 아니고 마지막 장면뿐이잖아.

민수 그 장면이 얼마나 중요한지 너도 잘 알잖아. 그걸 바꿔 버리면 앞 장면들도 다 무너져.

윤미 너무 과장하지 마.

민수 과장이 아니야. 느낌이 달라진다고.

윤미 그걸 갖고 지금 따질 시간 없는 것 같아. 너 우리가 몇 기인 줄 아니?

민수 15기잖아.

윤미 그래 15기야. 그동안 우리 연극반이 축제 때 공연 안 한 적이 한 번도 없어. (말하면서 형주의 말을 반복한다는 생각을 하며 좀 어색해진다. 그래서 더 스스로에게 짜증이 난다) 우리 기에서 끊어진다는 게 말이 되니?

민수 그것도 중요하기는 하지만, 이것과는 다른 문제 같은데?

윤미 우리가 공연해야 한다는 게 중요하다는 이야기잖아. 그러 니까 같은 문제지. 민수 네가 양보해.

민수 양보?

윤미 그래 다른 애들 모두 공연하기를 원해.

민수 너도 그러는 거니?

윤미 그래, 나도 공연하기를 바라.

민수 그럼 공연해. 나는 빠질 테니까.

윤미 (정말 화가 나기 시작한다) 너 이러는 거 웃기잖아. 초딩도 아 니고.

민수 웃기고 싶은 마음 없어.

윤미 네가 빠지면 어떻게 공연한다는 거야? 열흘도 안 남았어. 주인공이 빠지고 무슨 공연을 해? 솔직히 네가 동호나 성 은이 같은 단역을 맡았으면 연출이 그냥 빼고 갔을 거야. 뺄 수 없으니까 어떻게든 설득을 해 보려는 거 아니야. 억 지 좀 그만 부려!

민수 억지? 너도 내 생각이 옳다고 동의한 거 아니야? 이게 왜 억지가 되는데?

윤미 (답답해서 더 화가 난다) 생각이 옳다고 그대로 할 수 있어? 아닐 수도 있잖아. 우리 상황을 봐. 공연해야 해. 그게 제 일 중요해. 그럼 조금 덜 중요한 건 양보해야 하는 것 아

니야? 그게 옳잖아. 그런데도 네 주장만 내세우니까 억지
지.

민수 　내게는 내가 연기하는 그 인물이 너무 중요해. 연습하는
동안 나는 그 인물의 마음을 내 마음으로 느꼈어. 그 인물
의 고통도 느낄 수 있었고. 그게 우리 작품의 핵심이라는
걸 충분히 이해할 수 있었고 말이야. 그리고, 그 인물, 나
한테만 중요한 게 아니잖아. 너도 잘 알잖아. 결말 바꾸면
그 인물 망가져. 내가 그렇게 만들어 온 그 인물 망가뜨릴
수 없어. 절대로!

윤미 　공연이 없으면 그 인물도 아예 없는 거 아냐? 결말 바꿔도
우리가 하고 싶은 말 전달될 수 있어.

민수 　그렇게 해서 인물 망가뜨리고, 내용도 바꿔 버리면, 우리
연극도 없는 거야. 우리가 하려던 연극이 아니잖아.

윤미 　너 너무 이기적인 생각을 하는 거 아니야? 네 인물에만 빠
져서 다른 사람들을 무시하고 있잖아.

민수 　내가 이기적이라서 그런다고 생각해?

윤미 　지금 그렇게 보여.

민수 　아니야. 그게 아니야!

윤미 　그게 아니면 뭐야? 우린 팀이야. 연극반이야. 넌 하나의
반원이고 연극에서 한 인물을 맡았을 뿐이야. 우리 연극
반이 결정하면 따라야 하는 거 아니야?

민수 그래. 다른 문제라면 그래야 한다는 거 나도 알아.

윤미 이것도 마찬가지야.

민수 이건 아니야! 모두 그렇게 결정했다 해도 난 따를 수 없어. 차라리 빠질 수는 있지만.

윤미 (버럭) 정말! 너 혼자 망쳐 버리겠다는 거니? 너 그렇게 잘났어?

민수 그게 아니잖아. 아니라니까. 내가 인정할 수 없는 걸, 나는 할 수 없다는 것뿐이야.

윤미 나 정말, 너한테 실망했다. 빠지든 말든 네 맘대로 해! (뛰쳐나가 버린다.)

민수 윤미야! (따라 나가려다 멈춘다)

　　　의자에 앉는다.

　　　사이.

민수 (독백) 아니야, 그게 아니야. 고집이 아니고, 나 혼자만 생각해서 이러는 거 아니야.

　　　난 그 아이, 그러니까 우리 연극 속 그 아이 말이야. 그 아이를 연기하면서 정말 그 아이를 이해하게 됐어. 사랑하게도 되고 말이야. 죽음으로 다가가는 그 아이의 심정이 내 가슴속에 깊이 들어왔어.

그리고 그 아이를 연기하면서 생명이 정말 소중하다는 생각을 하게 됐어. 주인공의 죽음을 통해서 관객에게 생명의 소중함을 보여 줄 수 있을 것 같았어. 내 자신 그걸 느끼니까 관객에게 자신 있게 보여 줄 수 있을 것 같았어.

그런데, 지금 와서 그 아이를 살려 내야 한다고? 그래서 엄마랑 껴안고, 눈물 흘리며 반성하고, 친구들도 잘해 보자고 하고…… 그런 식으로 끝내자고? 그거야말로 그 아이를 죽이는 거야. 살리는 게 아니라고.

내가 연기한 그 아이는 살아 있는 인물이었어. 그런데 결말 바꿔서 죽이자는 거야? 나 그 아이 죽이고 싶지 않아. 살아 있는 인물로 만들고 싶어. 나한테는 이게 정말 중요해.

나는 그 아이를 연기하고 사랑하면서 느끼고 깨달았어. 한 인간의 생명은 정말 무겁고 소중한 거라고 말이야. 나 자신의 마음도 들여다볼 수 있었지. 그리고 내 자신의 생명도 무겁고 소중하다는 걸 마음으로 느끼고 깨닫게 된 거야.

그런데, 그 아이를 포기한다면, 그건 나를 포기하는 거야. 나 스스로 소중한 내 마음을 버리는 거야. 그럴 순 없어. 결코 그럴 순 없어!

민수 깊은 생각에 빠져 의자에 앉아 있다.

사이.

무대 서서히 어두워진다.

UFO를 타다

| 등장인물 |

  강수

  엄마

  아빠

  과외선생

  담임

  외계인1

  외계인2

| 무대 |

  기본적인 무대는 강수네 집인 아파트 내부. 대형 아파트다. 거실과 강수의 방이 무대 중앙 부분을 차지하고 있다. 사실적인 무대 장치를 할 필요는 없다. 그러나 거실의 대형 소파와 대형 TV, 고가의 오디오 세트, 강수 방의 값비싸 보이는 침대, 책상과 책장 등으로 이 공간이 상당히 부유한 계층의 아파트 내부라는 것을 보여 줘야 한다.

  기타 이 공간에서 벌어지지 않는 장면은 무대 주변을 적절하게 활용한다.

1

강수, 자기의 방 책상에 앉아 있다.

앵커의 목소리 흘러나온다.

앵커(목소리)   성공한 CEO의 대표적인 인물로 각계각층에서 선
망의 대상이 되어 온 S물산 사장 K씨가 어젯밤 자정경 자
택인 T아파트 33층에서 투신자살하여 충격을 주고 있습니
다. T아파트 경비원의 말에 의하면 자정 무렵 경비실 앞에
서 쿵! 하는 굉음이 들려 나가 보니 잠옷을 입은 한 남자가
쓰러져 피를 흘리고 있었다고 합니다.

한편 K씨가 남긴 유서로 보이는 A4 용지가 서재의 책상
위에서 발견되었는데, '사는 것이 의미가 없다. 나는 불행

하다.' 이렇게 짧은 두 문장으로 되어 있었다고 합니다. 만년필로 쓰인 이 유서는 K씨의 자필로 확인되었습니다. 경찰은 일단, K씨가 성공에 뒤따르는 심리적 압박감과 업무에서의 중압감을 이기지 못해, 스스로 목숨을 끊은 것으로 보고 조사를 진행하고 있습니다.

강수 (일어서서 객석을 향해 걸어나와 선다) 저는 어젯밤 한숨도 자지 못했습니다. 학교 갔다 와서 잠깐 인터넷 들어갔는데 그런 뉴스가 뜨더군요. 전날 밤, 유명한 CEO가 투신 자살했다고요. 그 뉴스를 본 이후로 깊은 고민에 빠졌습니다. 그래서 잠도 자지 못했고요.

김필성. 55세. 경기고등학교 수석 입학과 수석 졸업. 아빠의 말에 따르면 이때는 뺑뺑이가 아니라 전국 고등학교가 시험을 봐서 입학을 했다고 합니다. 서울에는 4대 명문 고교가 있었는데, 그중에서도 경기고등학교가 톱이었다는 겁니다. 경기고등학교를 들어가는 것은 서울대학교를 들어가는 것보다 훨씬 더 어려웠다는 거지요. 경기고등학교 학생들은 여름에 강릉이나 해운대 해수욕장에 갈 때도 교복을 입고 갈 정도였다고 하니까요.

아무튼 이 정도로 대단한 경기고등학교를, 그것도 수석 입학하고 수석 졸업한 수재. 졸업 후 서울대학교 경영학과를 수석 입학하여 수석 졸업한 뒤, 미 하버드대학으로 유학하여 경영학 석사와 박사를 취득하고 뉴욕에서 미국 최대 금융회사 글로벌 캐피탈의 경영 컨설턴트로 활동. 2000년 국내 최대 재벌인 S그룹 임원으로 스카우트 되어 귀국합니다. 스카우트 당시 연봉 50억, 주식 배당으로 인한 스톡옵션 100억 이상을 약속 받았다는 비공개 계약 사항이 공공연히 유포되기도 했습니다.

아, 참. 갑자기 이런 말들을 쏟아 내니까 어리둥절하시겠군요. 저게 뭐 하는 놈인데, CEO 자살하고, 경기고등학교가 어떻고, 하버드를 들먹이고 하는가 의아하시겠지요. 우선 제 소개부터 해야하는데 늦었습니다.

안녕하세요? 저는 A외고 1학년에 재학 중인 박강수라고 합니다. 어떤 학생이냐고요? 어떤 학생이기에 경기고 수석에 서울대 수석 같은 거창한 소리를 늘어놓느냐고요? 뭐, 그럴 주제가 되느냐고요? 흔히들 묻는 것을 물으시는 모양이군요. 성적 말입니다. 거만하게 들리시겠지만, 한마디로 좀 그럴 주제가 됩니다. 제 담임 선생님이 직접 말씀하신다네요.

   강수의 담임 무대 왼쪽에서 등장하여 관객을 보고 선다.

담임   예. 저는 A외고 교사 우수한입니다. 1학년 2반 담임이죠.

박강수 학생이 우리 반입니다. 우리 A외고는 중학교 성적 상위 3% 안에 드는 학생들이 모인 뛰어난 집단이라는 것, 구구히 설명하지 않아도 잘 아실 겁니다. 박강수는 이런 우수한 집단에서도 탁월한 학생이죠. 아직 1학년이니까 성급한 예측일 수 있겠습니다만, 지금처럼 해 나가면 본인이 원하는 대학은 국내외 어디든지 문제 될 게 없습니다. 우수한 학생들을 많이 만나는 외고 교사로서도 박강수 같은 학생을 만나는 건 행운이라 할 수 있죠. 교사를 하는 보람이라고나 할까요. 부모님들도 아주 교육에 열성이시니 교사로서 더 이상 바랄 것이 없습니다. (퇴장한다)

강수 우리 우수한 담임선생님 말씀 들으셨지만 저는 소위 범생이입니다. 저도 그냥 열심히 하고 돈도 좀 있어서 집에서 다른 애들 하는 만큼 받쳐 주니까요. 사실 제 아빠는 사업을 하시는데, 제 과외비로 한 달에 3, 400 쓰는 건 신경 쓰지 않아도 될 정도입니다. 엄마도 제가 일류 대학에 진학하는 걸 인생의 주요한 목표로 삼으시는 분이지요. 아직 국내 대학에 진학한 다음 외국으로 나갈 것인지, 고교를 졸업한 뒤 바로 나갈 것인지는 결정하지 않았지만요. 아무튼, 뭐 이래저래 제가 공부를 좀 할 수 있는 조건은 된다고 하겠지요.

아빠와 엄마가 무대 오른쪽에서 등장하여 관객석을 보고
선다.

아빠   강수야, 지금처럼 계속 고고 씽이다. 이 아빠가 열심히 돈
버는 것은 다 너를 위해서야. 너는 걱정 말고 열심히 공부
해. 유학이든 뭐든 다 좋아. 돈은 아빠가 댄다.

엄마   우리 아들이라서 하는 말이 아니고요. 참 대단한 아이예
요. 외고 들어가기가 어디 쉬워요? 입학이야 우리 애는 신
경도 안 썼죠. 상위 1% 안이었으니까. 외고에서도 그 공
부 잘한다는 애들 틈에서 우뚝 솟아 있다니까요. 지난주
담임 만났을 때도 칭찬이 자자하더라고요. 뭐 돈만 있다
고 다 공부 잘하나요? 내 친구 아들은 돈으로 처발라도 바
닥에서 헤매더라고요. 제가 하려고 해야 돈도 힘을 쓰는
것 아니겠어요?

아빠 · 엄마   우리는 너만 믿는다. (두 사람 퇴장)

강수   엄마 말이 맞습니다. 사실 돈만 있다고 공부 잘하는 거 아
니죠. 고액 학원이다 과외다 하면 웬만큼은 따라갈 수 있
겠지요. 하지만 상위 1, 2% 안에 드는 건 돈만으로 안 돼
요. 뚜렷한 목표 의식, 집념과 의지, 치열한 노력 이런 것
이 필요하지요. 제 입으로 이런 말을 하기는 좀 쑥스럽지
만, 저는 그런 것을 갖고 있습니다. 저에게는 꿈이 있으니

까요. 인생의 목적 같은 것 말입니다.

김필성. 그분이 저의 꿈이었습니다. 그분의 인생이 저의 로망이었던 겁니다. 저는 그분처럼 되고자 하는 이상을 품고 집념과 의지로 치열하게 노력을 했던 겁니다. 그래서 외고에서도 최상위권 수준으로 성적을 끌어올렸고요.

김필성. 그분에 대해 조금 더 말씀드려 볼까요? 미국에서 국내로 복귀한 김필성은 국제 물류 교역 시스템을 구축하여 S물산을 세계적인 기업으로 성장시키는 데 지대한 공헌을 합니다. 자타가 공인하는 성공적인 CEO의 대표적인 존재로 우뚝 선 것입니다. 작년 연봉 77억. 스톡옵션 100억 이상으로 추정. 대단하지요. 몇 십억이 넘는다는 강남의 고가 아파트에서 살 만한 자격이 충분하지요.

하지만, 이런 연봉이나 주식이 제 꿈의 전부는 아닙니다. 그 아파트에서 살고 있는 사람들이라면 그 정도 재산이야 대부분 소유하고 있을 겁니다. 저 고딩이지만 그 정도는 훤히 알고 있습니다. 서울에 1000억 넘는 빌딩도 숱하게 많은데, 뭐 그 정도는 재산으로야 크게 내세울 게 있겠어요? 제가 더 부러워한 건 김필성의 캐리어, 즉 CEO로서의 경력입니다.

조금 전 말씀드렸지만, 저는 외고 1학년에 다닙니다. 엄마 말에 의하면 지금 외고는 김필성 당시의 경기고등학교에

비하며 새 발의 피 정도랍니다. 하여간 그런 일류 고등학교와 서울대를 졸업하고 미국의 명문대인 하버드로 가고, 뉴욕의 세계적인 회사에서 경영인으로 성공한 그 경력! 그 경력이 저를 매혹시킨 것입니다. 이 책상 앞에 붙어 있는 저 사진이 바로 그분입니다. 저는, 솔직히 그분처럼 되고 싶었습니다. 열심히 노력하고 또 노력해서 서울대 들어가고, 미국 명문으로 유학 가고, 뉴욕에서 경영인으로 성공하여 국내의 대기업에 CEO로 초빙 받는 거 말입니다. 그렇게 화려한 성공의 인생을 꿈꿨던 겁니다.

무대 왼쪽에 과외 교사 등장하여 관객석을 보고 선다.

과외선생 야, 박강수 너 대단하다. 나도 공부 좀 했다만 너처럼 왕창 해 먹을 생각은 해 보지도 못했어. 나도 서울의대 들어갔으니 좀 했다고 할 수 있지 않겠냐. 하지만, 너처럼 큰 꿈은 꾸어 보지도 못했어.
나야 재수 좋아 교수님 눈에 들면 대학 병원에 남는 거고, 그렇지 않으면 다른 병원에 가서 월급 의사 해야지. 요즘 개업하는 게 쉽지도 않고. 빚 얻어 비싼 기계 들여놓고 개업했다가 손님 없으면 쪽박 차기 쉬우니까. 돈 많은 여자 잘 물어 처갓집에서 내 병원 건물 하나 올려 주기만 하면, 그거야 완전 장땡인 거고.

하여간, 강수 이놈 정말 꿈이 크기는 커요. 내가 과외한 놈 중에서 네 팔뚝이 제일 굵다, 굵어! (퇴장한다)

강수 그렇습니다. 저는 꿈과 이상이 있었습니다. 열심히 공부하고 좋은 대학 가서 그 김필성 CEO처럼 되는 것. 솔직히 그렇게 출세하고 성공하기 위해 저는 잠도 못 자고 미친 놈처럼 공부했던 겁니다.

그런데, 그런 사람이 죽었습니다. 저는 충격을 받았습니다. 자살입니다. 이 사실에 저는 더 충격을 받았습니다. 그런데 결정적인 충격은 그다음에 왔습니다. 그분이 썼다는 자필 유서 때문입니다.

'사는 것이 의미가 없다. 나는 불행하다.' 저는 앵커가 이 말을 하는 순간, 저 멀리 허공에서 벽돌 하나가 떨어져 내 머리통을 갈기는 듯한 충격을 받고 말았습니다. 그 순간, 제 마음의 무엇인가가 툭 끊어지고 말았습니다. 공원 같은 데에 가 보면 연을 날리는 걸 볼 수 있잖아요. 바람을 안고 까마득하게 떠 있는 연을, 팽팽한 연실이 연 날리는 사람과 연결하고 있죠.

그 연실이 뚝! 하고 끊어졌다 할까요.

저는 그분처럼 되기 위해서, 솔직히 그렇게 완전하게 성공하기야 쉽지 않겠지만, 거기에 못 미치더라도, 그 비슷

한 길을 가기 위해서 하루 스물네 시간 팽팽하게 긴장된 시간을 살아온 거지요. 바람을 가득 실은 연의 연실처럼요. 초등학교 3학년 때부터 그랬습니다. 그래서 외고도 합격한 거고요.

그런데, '사는 것이 의미가 없다. 나는 불행하다.' 이 말이 날카로운 칼날이 되어 제 마음속의 그 팽팽한 연실을 단번에 끊어 버린 겁니다. 그런 사람이, 그렇게 성공하고 출세한 사람이 불행하다니……

그럼 나는 무엇 때문에 이렇게 힘들게 사는 걸까요?

의미 없는 삶을 위해서요? 불행해지기 위해서요?

그래서 어느 날 밤, 33층에서 뛰어내려 죽고 싶어서요?

이 몸이 산산조각이 나기 위해서요?

나는 어젯밤 내내 잠 한숨 자지 못하고 생각하고 또 생각했습니다. 베란다 밖 캄캄한 어둠을 보면서 말입니다. 그 김필성. 모두가 선망하는 출세와 성공을 이룩한 CEO 김필성. 1년에 200억 가까운 엄청난 돈을 벌 수 있는 김필성. 내 이상이자 꿈인 김필성. 깊은 밤 잠 든 가족을 두고 홀로 어둠 속으로 뛰어내린 김필성.

그 사람은 왜 사는 것이 의미가 없다고 생각했을까?

그 사람은 왜 그렇게 성공하고도 자살할 정도로 불행했을까?

왜일까요? 왜?

강수 객석을 향해 서 있는데 무대 어두워진다.

2

무대 밝아지면, 강수 자기 방 침대에 앉아 있다.

강수 저는 이 의문을 풀지 않고는 아무것도 할 수 없습니다. 연
실이 끊어져 버린 연이 어떻게 날 수 있겠어요? 학교도,
공부도, 이제 저에게는 아무 흥미도 없는 장난감처럼 보
입니다. 살 의미도 없는 삶을 살기 위해서 학교를 다닐 수
있을까요? 불행해서 자살하려고 죽어라 공부할 수 있는
건가요?

강수, 침대에 누워 버린다.
엄마가 등장한다.

강수 방의 문을 두드린다.

엄마   늦었어. 우리 아들이 오늘은 늦장을 다 부리네.

강수   (돌아눕는다)

엄마   아들! (문을 열고 들어온다.) 아니, 일어나지도 않고 이게 웬
       일이지? 벌써 일곱 시가 넘었는데.

강수   일어나기 싫어. 그냥 잘래.

엄마   (잠깐 어이가 없지만 투정으로 생각한다) 초등학교 때도 안 부
       리던 투정을 다 부리고. 우리 아들이 좀 피곤하기는 한가
       보다. 자 내가 경희대 한의원 송 교수님한테 예약해 놓을
       게. 주말에 시간 빼서 가 보자. 좋은 녹용 넣어서 보약 좀
       먹자. 학교 늦겠어. 아빠는 벌써 나가셨어. 호텔에서 바이
       어 만나신다더라. 조찬을 하면서 상담하신다고. 늦겠다니
       까.

강수   학교 안 가.

엄마   뭐 학교를 안 가?

강수   갈 필요가 없어.

엄마   참 얘 좀 봐. 너 외고 학생이야. 거기 들어가고 싶어서 안
       달 난 애들이 얼마나 많은지 알기나 하니? 일반고라면 또
       모르겠다. 뭐 굳이 질 낮은 수업 듣느니 학원 다니고 과외
       로 해결한다는 말도 나올 수 있지. 대입 자격은 검정고시

로 따면 되니까. 넌 외고야. 외고! 자, 늦잠 투정은 이제 그만 부리고 일어나. 지금도 늦었어.

강수 (침대에서 몸을 일으킨다) 김필성 CEO가 죽었어.

엄마 뭐 누가 죽어?

강수 S물산 사장 김필성. 투신자살했어.

엄마 아, 그 사건. 나도 어제 뉴스 봤어. 자기 아파트에서 그랬다더라. 참 그렇게 출세한 양반이 왜 그랬을까?

강수 '사는 것이 의미가 없다. 나는 불행하다.' 이것이 유서였대. 경기고 서울대에 하버드에서 석사와 박사를 받았거든. 뉴욕에서 경영인으로 성공하여 S그룹 임원으로 스카우트 되었어. 얼마 안 있어 S물산 사장이 되었고. 작년 연봉이 77억이었어. 스톡옵션까지 하면 200억 가까이 된대.

엄마 어마어마하구나. 나도 여러 번 이름 들은 사람인데 굉장한 양반이구나. 우리 아들 역시 대단해. 그런 정보까지 쫙 꿰고 있네.

강수 내 이상이자 꿈이었거든.

엄마 (강수의 어깨를 두드린다) 그럼. 그런 이상을 품고 꿈을 가져야지. 겨우 연봉 몇 천 만 원짜리 직장에 목을 매다는 건 치사한 거야. 남자라면 그 정도 스케일은 갖고 살아야지. 열심히 노력해서 그렇게 돼야지!

강수 그런데 그 사람이 자살을 했어. 사는 것이 의미가 없고.

불행하다고 써 놓고 말이야.

엄마 (당황스럽다) 그거야, 개인적인 사정이, 있을 수도 있고, 뭐 우울증이나 그런 것이 있었겠지.

강수 왜 그런 사람이 우울증에 빠졌지? 그렇게 출세하고 성공했는데. 청소년들의 성공적인 롤 모델로 텔레비전에도 여러 번 나왔는데.

엄마 그거야…… 뭐, 우울하니까 우울증에 빠졌겠지. 아무튼 (시계를 본다) 어머낫! 너 오늘 학교 안 갈 거야?

강수 (천천히, 그러나 완강하게 고개를 흔든다) 힘이 빠져서 꼼짝도 못하겠어. (침대에 눕는다)

엄마 박강수, 일어나. 박강수!

강수 (돌아눕는다)

3

강수 침대에 누워 있다.

엄마 거실에서 전화를 하고 있다.

담임 긴 줄이 달린 전화기를 들고 무대 왼쪽에서 등장한다.

담임 아, 예.

엄마 약을 먹고 막 잠이 들어서요.

담임 아, 이 중요한 시기에 아프면 안 되는데.

엄마 내일은 꼭 학교 갈 수 있을 거예요.

담임 그래야지요. 강수는 우리 반의 핵심 멤버 중 하나입니다.

　　　아니, 핵심 중 핵심이지요.

엄마 다 선생님이 잘 지도해 주신 덕분이지요.

담임 별 말씀을요. 하지만 한시도 긴장을 늦춰서는 안 됩니다. 우리 외고야 입학 때는 다들 우수하지요. 하지만 한 학기만 지나면 여러 계층으로 나뉩니다. 긴장을 늦출 수가 없어요. 어머님도 잘 아시지요?

엄마 아, 예, 선생님. 제가 그걸 왜 모르겠어요. 그런데, 애가 영 기운을 차리지 못하고……

담임 강수는 우리 반에서도 최상층부에 위치하고 있습니다, 어머님. 이 페이스대로 가기만 하면 서울대건 어디건 문제없습니다. 외국 명문대를 바로 노릴 수도 있고요. 그쪽도 생각 중이시지요?

엄마 물론이지요. 선생님들이 지금처럼 잘 지도해 주시면 다 가능하겠지요.

담임 하하하하. 강수는 열심히 하는 학생이니까 걱정할 거 없습니다. 의지가 강하고 욕망이 남다른 학생이니까요. (강수가 아프다는 말에 생각이 미친다) 아, 참, 그런데요,

엄마 예?

담임 혹시 열은 없습니까? 잘 아시겠지만, 지난번 신종 플루로 우리 학교도 한바탕 홍역을 치러서요. 그럴 리야 없겠지만, 일단 진단을 받아 보시고 혹 그런 유행성 독감이나……

엄마 그건 절대 아니에요.

담임 예. 그래서는 안 되지요. 곧 2학년이 되는 중요한 시기에 2주일 정도 쉬는 건 치명적인 손실이 될 수 있습니다. 물론 어머님께서 잘 아시겠지만요. 하지만, 교장 선생님께서 강력하게 지시하신 건데요, 일단 감기 증세로 결석한 학생은 검사 결과를 제출하도록 적극 지도하라고요. 한 학생으로 해서 집단 감염되면 학교 전체가 큰 타격을 입을 수도 있으니까요.

엄마 (답답하다) 그게 아니고요.

담임 어머님 심정이야 누구나 마찬가지겠지요. 이해하고요. 강수처럼 우수한 학생의 부모님 심정은 더 조심스럽겠지요. 하지만 강수처럼 우수한 학생은 자택에서 학습해도 충분히 따라잡을 수 있습니다. 너무 걱정 마십시오.

엄마 선생님, 그게 아니라……

담임 제 입장은 또 이렇습니다. 학생 개개인도 중요하지만, 반 전체를 고려해야 하는 담임 입장에서…… 교장 선생님의 강력한 지시도 있고 해서……

엄마 (버럭) 아니라니까 왜 이러세요!

담임 (당황하여) 아, 예, 죄송합니다. 하지만……

엄마 아니에요. 선생님?

담임 예? 말씀하세요.

엄마 CEO 김필성을 아세요?

담임 예? 아, 예. 그 유명한 사람을 왜 모르겠어요? 알지요. 그
      제 자살했잖아요.

엄마 그래서예요. 그래서 우리 강수가 학교를 안 가겠대요.

담임 네? 김필성이 자살해서요? 그래서 강수가 학교를 안 와
      요?

엄마 그렇대두요.

담임 아니, 그게, 김필성이 자살한 거랑 강수가 학교 오는 거랑
      무슨 상관이 있습니까?

엄마 그래서 저도 이렇게 답답하지 않습니까? 어쩌면 좋습니
      까, 선생님?

담임 (뭐라고 대답하기 난감한 질문이라 당황하면서) 아, 그거야, 뭐,
      사춘기니까, 오늘 그러다 말겠지요. 너무 걱정 마시고, 잠
      깨면 저한테 전화하라고 하시고요. 예, 내일 꼭 학교 보내
      십시오. (전화를 끊고. 객석을 향해서) 우리 외고는 우수한 학
      생들이 모이다 보니 좀 특이한 녀석들도 가끔 나옵니다.
      뭐, 요즘 아이들이 규격화되었다, 아무런 개성도 없다, 그
      런 말들을 하지만 모든 아이들이 그런 것은 아니지요.
      그런데, 박강수 그 애는 우수해도 그런 특이한 애 같지는
      않았는데, 참 이상하군요. 참, 아무리 그래도 그렇지, CEO
      가 자살했다고 학교를 안 오다니. 참, 김필성이 박강수의
      친척이라도 되나? 아니, 아니지. 그럼 어머님이 이야기했

겠지. (고개를 흔들며) 그건 아니고. 아이고, 모르겠다. 골프 공 같은 놈들의 변덕을 내가 어이 알리.

4

밤이다. 아빠가 들어온다. 술이 취해 기분이 좋다.

엄마가 거실에서 맞는다.

강수는 방에서 침대에 누워 있다.

아빠 (소파에 앉으며) 강수는 아직 안 왔나?

엄마 (주저하면서) 그게, 제 방에 있네요.

아빠 허, 자식. 아무리 공부가 바빠도 아버지가 왔으면 얼굴이
라도 내밀 것이지.

엄마 현관문 소리 못 들었나 보지요.

아빠 하기는, 공부를 하려면 그래야지. 그래, 그 정도로 집중을
해야지. 여보, 냉수 한 잔.

엄마 (물을 한 잔 따라다 주면서) 그런데요……

아빠 (마시고) 어, 시원하다. 그런데?

엄마 (결심하고) 강수 오늘 학교 안 갔어요.

아빠 응? 어디 아파? 병원에 가 봤어?

엄마 그게 아니고요.

아빠 그게 아니라면?

엄마 그게, 그러니까……

아빠 아, 이 사람 답답하게. 평소 당신답지 않게 왜 그래?

엄마 참, 당신 잘 알겠네요.

아빠 뭘 말이야?

엄마 그 CEO 김필성 말이에요.

아빠 잘 알지. 대단한 인물이지, 대단한 인물이야. 참, 그런데
그 양반, 왜 그런 짓을 했는지……

엄마 이유를 모른대요?

아빠 가족들도 눈치를 못 챘나 보더라고. 누가 그 속을 알겠어?
그런데, 난데없이 김필성 이야기는 왜 꺼내고 그래?

엄마 우리 강수가요.

아빠 강수가?

엄마 그 김필성이 자살해서 학교를 안 간다네요.

아빠 뭐?

엄마 김필성이 이상이고 꿈이었다나요. 목표를 그렇게 잡았던

것 같아요. 유학 가고 본토에서 경영인으로 성공하고, 국내로 들어올 때는 대그룹에 스카우트 돼서 엄청난 대우를 받는 CEO. 제 깐에는 그래서 큰 충격을 받고……

아빠 (무엇을 깨달은 사람처럼 갑자기 너털웃음을 터뜨린다) 하하하하! 됐어! 됐어!

엄마 여보.

아빠 사내자식이 그 정도는 돼야지. 암, 그 정도 야심을 품어야지. 출세를 하려면 그 정도 해 보겠다는 꿈을 꿔야지. 역시 우리 아들은 달라. 여보, 우리 아들 대단하지 않아? 김 필성이 작년 연봉이 얼마였는지 알아? 자그마치 77억이었어. CEO 중에 톱이었어. 그것뿐인가. 스톡옵션으로 배당 받은 것이 100억도 훨씬 넘을 거야. 그 정도면 재벌 부럽지 않지. 내가 재벌이 아니니 우리 아들을 재벌로 만들 수는 없고. 그런 CEO만 된다면 뭐가 부럽겠어? 우리 아들이 그런 이상을 갖고 원대한 꿈을 꾸다니 대단하지 않아? 그것도 그냥 해 보는 생각이 아니라 이거지. 김필성 자살에 충격 받고 학교를 안 갔다 이거지. 그건 그 정도로 그 이상과 꿈을 진짜로 품었다는 증거 아닌가 이 말이야. 됐어! 됐다고! 사내자식이라면 이상과 꿈이 그 정도는 돼야지. 암, 그래야 출세하지! 그래야 성공해!

엄마 하지만, 그 사람이 자살을 해서……

아빠 (흥분한 상태여서 아내의 말이 귀에 들어오지 않는다) 우리 아들 방에 있지? 격려를 해 줘야겠구만. 그런 이유라면 학교 하루쯤 안 가도 되지. 내가 우리 아들을 다시 봐야겠네. 김필성을 목표로 삼았다, 하하하하……

아빠, 강수 방의 문을 벌컥 열고 들어온다.
강수, 침대에서 몸을 일으켜 앉는다.

아빠 (책상 앞 의자에 털썩 앉으며) 아들, 오늘 아빠가 기분이 좋다.
강수 퇴근하셨어요?
아빠 암, 사내자식이라면 그 정도 야심을 품어야지. 아들, 역시 넌 이 박영박의 아들이야. 그런데, 김필성은 어떻게 알았냐?
강수 중3 겨울방학 때 책을 읽었어요.
아빠 책?
강수 『출세와 성공, 네 안에 있다』.
아빠 아, 나도 봤다. 다 읽지는 못했지만. 그 자서전을 읽었단 말이지? 이 박영박의 아들이.
강수 아이들 그런 책 꽤 읽어요. 선생님들도 목표를 확실하게 하라고 하고, 애들도 뭔가 분명한 타깃을 세우려고 하고요.

아빠 그래서 그런 CEO가 될 목표를 세웠단 말이지?

강수 공부하기 힘들 때, 이렇게 되겠다, 노력하면 이렇게 될 수 있다, 그런 생각하면 힘이 솟았어요.

아빠 암, 암! 그래야지. 노력하면 할 수 있어. 노력해서 그렇게 돼야지. 이 박영박의 아들이라면 피나게 노력해서 그렇게 출세하고 성공해야지. 연봉 77억. 배당금 100억 이상. 야, 아들아, 그거 정말 장난 아니다. 해! 하는 거다! 그렇게 될 수 있어!

강수 그런데, 죽었잖아요. 자살로요.

아빠 (뜨악하여) 그, 그건, 음, 아……

강수 '사는 것이 의미가 없다. 나는 불행하다.' 이렇게 써 놓고요.

아빠 그거야, 우울증이 있었다고 하잖냐.

강수 왜 우울증이 생겼을까요? 그렇게 출세하고 성공했는데.

아빠 그거야, 출세하고 성공해도, 뭐 우울할 수도 있겠지.

강수 아빠?

아빠 어, 말해.

강수 저, 그 CEO처럼 되고 싶었거든요.

아빠 이 아빠가 내내 이야기했잖냐. 야망을 품으려면 그 정도 품어야 한다고.

강수 그런데요. 그렇게 출세하고 성공해도 인생이 사는 의미가 없으면 어떻게 되는 거죠? 자살을 할 정도로 불행하면 어떻게 되는 거죠?

아빠 그야, 그 사람 성격이랄까, 개인적인 특성이……

강수 어릴 때부터 죽어라 공부해서 그렇게 됐는데, 그렇게 되겠다고 미쳐라 공부했는데, 삶이 의미가 없고 불행해서 자살해 버리면요.

아빠 (아들의 진지한 말투에 술이 깨고 정신이 든다. 정색을 하게 된다) 아들! 정신을 차려야겠구나. CEO가 김필성 하나냐? 출세하고 성공해서 잘 사는 다른 많은 사람들이 있어. 이제 김필성은 잊고 그런 사람들을 목표로 삼아. 그럼 되잖냐?

강수 그 사람은 모두가 선망하는 대표적인 CEO였어요. 그런 사람이 삶이 의미가 없고 불행해서 자살해 버렸다면 다른 사람도 그럴 거 아닌가요? 출세하고 성공한 다른 사람들도 사실은 불행한 것 아니에요? 쉽게 죽지는 못해도요. 그럼 왜 출세하고 성공해야 하죠?

아빠 (아들의 질문이 심각한데 쉽게 대답할 말을 찾지 못하자 화가 나기 시작한다) 출세하고 성공해서 잘 사는 사람들 많아. 어느 사회나 어느 집단이나 낙오자와 탈락자는 있게 마련이야.

강수 아빠. 김필성은 낙오자나 탈락자가 아니라 톱이었어요. 맨 앞에서 깃발을 휘날리는 사람이었다고요.

아빠 (자꾸 따지고 드는 아들의 태도가 화를 돋운다) 사춘기라 예민할 때라는 거 이해해. 하지만 지나친 건 지나친 거야. 오늘은 일찍 자고 내일 일찍 일어나서 학교에 가. 김필성은 죽었어. 이제 출세하고 성공해서 잘 살고 있는 다른 사람들을 목표로 삼아. 이 박영박의 아들답게 새로운 목표를 세우고 열심히 공부해. 알았지?

강수 ……

아빠 왜 대답을 안 해?

강수 자꾸 그런 생각이 들어서 공부할 기운이 없어요.

아빠 공부할 기운이 없어? 도대체 무슨 생각이? 김필성이 죽어서?

강수 예.

아빠 (솟아오르는 화를 참으며) 죽은 사람은 죽은 사람이고, 산 사람은 산 사람이야. 넌 성공해서 잘 살면 돼.

강수 성공하고 출세해도, 사는 것이 의미 없고 불행하다면 그건 잘 사는 게 아니잖아요?

아빠 (버럭 화가 나서 소리친다) 아니 이놈의 자식이! 김필성이 네 아버지냐 할아버지냐? 그 사람이 죽은 것과 네가 무슨 상관이 있어? 공부해! 출세하고 성공해! 생각을 하려면 출세하고 성공한 다음에 생각을 하든지 말든지 해!

5

강수는 자기 방의 침대에 누워 잠을 자고 있다.
조명이 몽환적인 푸른빛으로 바뀐다.

앵커 오늘 정오 서울 광화문 부근 상공에 정체를 알 수 없는 비
행 물체가 수백 개 출현하여 시민들을 놀라게 했습니다.
한국 UFO협회는 이 비행 물체가 미확인비행 물체, 즉
UFO일 가능성이 높다고 공식적으로 밝혔습니다.

UFO가 나타난다. (무대 조건에 따라 천장에서 내려올 수도 있
고, 무대 뒤에서 나타날 수도 있다. 슬라이드로 처리할 수도 있다)
외계인1, 2가 UFO에서 나온다.

강수, 슬며시 침대에서 일어난다.

강수와 외계인1, 2 마임으로 의사를 주고받는다.

강수, 외계인을 따라서 UFO를 탄다.

6

강수, 침대에 누워 있다.

엄마가 과외 선생을 맞는다. 엄마가 설명을 하고 과외 선생은 듣는다(무언극처럼 진행된다).

과외 선생, 강수 방의 문을 두드린 후 들어간다.

강수 일어나 앉는다. 과외 선생 마주 앉는다.

과외선생 그제부터 학교 안 갔다면서?

강수 예.

과외선생 오늘은 그 문제부터 한번 해결해 볼까? 미적분보다 더
　　　중요한 문제 같은데.

강수 엄마가 그래요? 저랑 이야기해 보라고요.

과외선생 　그래. 부탁하셨어. 너 학교 안 가고 공부 안 하면 이 과외도 그만둘 것 아냐? 나도 내 밥줄이, 아니 술 줄이라고 해야 하나? 내가 까놓고 말해 보지. 좀 때깔 나는 클럽 같은 데 가서 술 마시고 놀려면 몇 십만 원은 장난이야. 과외 안 하면 학교 앞에서 찌질이들하고 생맥주나 마셔야 되고 말이야. 아무튼 내 술 줄이 떨어질 판에 그냥 두고 볼 수는 없지. 엄마 부탁 아니라도 상담해야겠지.

강수 　형은 그런 솔직한 면이 장점인 것 같아요.

과외선생 　칭찬으로 접수하겠다.

강수 　맞아요.

과외선생 　자, 그렇다면 우리가 대화를 할 수 있는 기본은 된 것 같은데.

강수 　사실 나도 형 기다렸어요.

과외선생 　나를?

강수 　물어볼 말이 있어서요?

과외선생 　물어봐. 거기서부터 풀어 가 보자.

강수 　형은 의사 될 거죠?

과외선생 　그럼 의대생이 변호사 되겠냐? 하기는 우리 선배 중 인턴 때 수술실에서 피 뒤집어쓰고 뛰쳐나간 뒤에 사법고시로 방향 전환한 사람도 있다더라만. 적성이 안 맞는 걸 억지로 들어와서 악으로 버틴 거지.

강수 왜 의사가 되려고 하는데요?

과외선생 그야 당연히 환자를 치료하기 위해서지.

강수 환자 치료하는 게 좋아요?

과외선생 사람 살리고 치료하면 당연히 좋지.

강수 재미있어요?

과외선생 일이나 직업은 꼭 재미로 하는 건 아니야.

강수 그거뿐이에요? 그냥 환자를 치료하려고 의사가 되고 싶
　　　어요?

과외선생 야, 이거 날카로운 심문인데. 좋아. 네가 솔직한 면이
　　　　내 장점이라고 했으니까, 그래 까짓 것 솔직하게 까발려
　　　　보자. 의사 되면 돈을 많이 벌어. 아니, 다른 직업보다 많
　　　　이 벌 가능성이 높아. 자, 됐냐?

강수 돈을 많이 번 다음에는요?

과외선생 번 다음은 무슨 번 다음이냐? 돈을 많이 벌면 하고 싶
　　　　은 걸 마음대로 할 수 있지.

강수 마음대로 할 수 있다고요?

과외선생 차 사고, 집 사고, 병원 짓고, 또 뭐가 있겠냐?

강수 예쁜 여자하고 결혼하고, 섹시한 여자 애인으로 두고, 그
　　　런 건가요?

과외선생 야, 자식이 이거 우리 머리 꼭대기에 올라앉네.

강수 그 정도는 중딩도 알아요.

과외선생   과외 선생도 선생인데 이거 제자 데리고 할 말은 아니
　　　　　다만, 네가 그렇게 치고 나오니까 위선 떨지 않겠다. 예쁜
　　　　　여자하고 결혼하고 섹시한 여자 애인으로 두는 것, 이거
　　　　　한국 남성들의 로망이야. 꿈이지. 다다익선이라 많으면
　　　　　많을수록 좋지. 기왕이면 애인은 항상 신선하면 좋지 않
　　　　　겠냐? 그게 강한 남자의 진정한 능력이 아니겠어?

강수   그런 다음에는요?

과외선생   그런 다음은 무슨 그런 다음이야? 그 정도면 됐지. 좋
　　　　　은 차에 넓은 집에 자기 병원 가지면 됐지. 거기다 어디
　　　　　데리고 나가면 엣지 나는 마누라에 철따라까지는 아니지
　　　　　만 싫증날 정도면 바뀌는 섹시한 애인이면 더 무얼 바라
　　　　　겠냐? 꿈이지. 모든 의대생들의 로망이야.

강수   그런 다음에 병원 옥상으로 올라가겠네요.

과외선생   옥상은 왜?

강수   떨어져야죠.

과외선생   떨어져?

강수   이제 사는 의미가 없다. 나는 불행하다. 그런 유서 써 놓
　　　　고요.

과외선생   허, 참, 짜식. 아, 너 그 CEO인가 누군가 하는 사람
　　　　　자살해서 충격 받았다면서?

강수   김필성이요.

과외선생 나도 알아. 어제 검색 좀 해 봤어. 그 사람 대단하기는
        하더라. 연봉이 수십 억이라면서?

강수 작년에 77억이었어요.

과외선생 야, 이거 박강수 다시 봤는데. 그런 대단한 사람을 롤
        모델로 삼았다니.

강수 자살했는데요 뭐. 불행하다고 써 놓고요.

과외선생 현기증이 났다 보지.

강수 현기증이요?

과외선생 그럴 수 있지. 너무 높이 올라가면 어지러운 거야. 그
        래서 추락할 수 있지.

강수 그건 떨어지는 것이고 자살은 자기가 뛰어내린 거잖아요.

과외선생 그래, 그렇지. 다르지. 날카로운 지적이야. 역시 머리
        좋은 놈들은 다르구나.

강수 왜 자살했을까요?

과외선생 사는 게 의미가 없고, 불행해서 죽는다고 했다면서?
        뉴스 보니까 우울증이 있었다고 하고. 하기야 얼마 전에
        대학 병원 원장이 병원 옥상에서 투신했잖냐. 노벨상 후
        보로까지 거론되는 유명한 교수도 아파트에서 자살했고.
        성공하고 출세한 사람들 우울증이 유행인가 보다.

강수 그러니까 왜 우울증이 생겼냐고요? 그렇게 출세하고 성
        공한 사람이 말예요. 왜 사는 게 의미가 없고 불행해서 자

살했냐고요?

과외선생 네가 묻고 싶은 게 이거냐?

강수 예.

과외선생 좋아. 대답해 주지. 내 대답은 '모른다' 야. 몰라. 김필성이 죽은 이유를 죽은 김필성이 아니면 누가 알겠냐?

강수 그건 대답이 아니죠.

과외선생 내가 너한테 해 주고 싶은 대답은 따로 있어.

강수 뭔데요?

과외선생 인생 선배로서, 우연히 만났지만, 과외 선생으로서 충고라고나 할까. 해도 좋겠냐?

강수 해 보세요. 하지 말라고 해도 할 것 같은데요.

과외선생 넌 똑똑한 고딩이야. 다른 말로 해서 영악한 놈이고. 나도 너 같은 고딩이었으니까 너 같은 놈들을 잘 알아. 머리 좋고, 집에 돈 좀 있고, 세상 어떻게 살 건지 눈치 빤한 놈들. 아까 말했지. 나 이 과외 하는 거 술값 보태려는 거야. 싸구려 술집에서 지저분한 놈들하고 어울리기 싫으니까. 그래서 나와 유사한 놈인 너, 시건방진 놈에게 솔직하게 말하겠어. 배 터지는 소리 집어치우고 공부해. 공부해서 일류 대학교 들어가. 그래서 출세하고 성공해! 그러면 모든 인생 문제가 해결돼.

강수 나도 그럴려고 했거든요. 그래서 김필성 같은 CEO 돼서

멋지게, 뽀대나게 살려고 했거든요. 그런데요, 그 사람이 33층에서 뛰어내렸단 말이에요. 사는 게 의미가 없고 불행해서 자살했다고요.

과외선생　넌 그냥 출세만 해. 성공만 해. 뛰어내리지는 말아. 김필성은 뛰어내렸지만 넌 안 뛰어내리면 되잖아.

강수　저도 출세하고 성공하면 그렇게 뛰어내릴 것 같거든요. 자꾸 그런 느낌이 들거든요. 33층에서 뛰어내리면 몸뚱이가 산산조각 나는 거 아니에요? 자꾸 그런 상상이 들어요.

과외선생　(좀 짜증이 난다) 너 배부른 소리야. 너 정도 집안 환경안 되고, 성적 못 돼서 죽고 싶은 애들 천지야. 뛰어내리고 싶은 애들 시글시글하다고. 너는 머리 따라가겠다, 조건 받쳐 주겠다, 그래서 배부른 소리 하는 거야.

강수　저는 심각하거든요. 형은 이런 생각 안 해 봤어요?

과외선생　야, 나는 너처럼 부자 아니야. 열심히 돈 벌고 병원이나 하나 올리는 게 내 인생의 로망이야.

강수　올리면요? 그러면 사는 게 의미가 있고 행복할 것 같아요?

과외선생　(짜증이 치솟는다) 지금 사는 것도 미쳐 돌아가. 아무 정신이 없어. 너 의대생이 얼마나 바쁜지 아냐? 시험에, 리포트에, 실습에, 눈코 뜰 새 없어. 또 너 같은 놈 데리고 과외까지 하잖냐. 그런 거 생각할 틈이 어디 있어? 미친 듯이 달려야 하는 판에 무슨 그런 한가한 생각을 해 인마!

강수 왜 그렇게 미친 듯이 사는데요? 그렇게 해서 출세하고 성
공해서 뭐 하는데요? 그래 봤자 삶이 의미가 없고 불행해
서 자살하고 싶다면, 이거야말로 무슨 미친 짓이냐고요?

과외선생 (짜증이 폭발했다) 아, 정말 미치겠네. 그럼 출세하지 마!
성공하지 마! 그러면 될 것 아냐?

강수 그럼 어떻게 살아야 하죠?

과외선생 (자신도 어찌할 수 없이 짜증이 폭발한다) 야, 이거 돌아 버
리겠네. 오늘로 네놈 과외 선생 땡이다. 까짓 것 싼 술 먹
고 말자. 이 새끼 이거 싸이코야? 외계인이야?

7

강수, 자기 방의 침대에 무슨 벌레처럼 꾸부리고 앉아 있다.

강수 오늘로 2주일이 되었습니다. 제가 학교를 가지 않은 지가 말이지요. 그동안 저는 밤마다 외계인이 저를 방문하는 꿈을 꾸었습니다. 저는 꿈속에서 외계인에게 간절하게 부탁합니다. 저 아득한 우주로 저를 데려가 달라고 말입니다. 그래서 UFO를 타고 우주여행을 떠나는 거죠. 이 지구를 떠나서 저 아득한 우주로 날아가는 겁니다.

조명이 몽환적인 푸른빛으로 바뀐다.

UFO가 나타난다.

외계인1, 2가 UFO에서 나온다.

강수와 외계인1, 2 마임으로 의사를 주고받는다.

강수 외계인을 따라서 UFO를 탄다.

UFO 나타날 때처럼 사라진다.

사이.

푸른빛 서서히 사라지면, 침대에 남겨진 강수 보인다.

강수   그러나 꿈을 깨면 저는 여전히 여기 이 자리, 제 침대에
        남겨져 있습니다.

      담임과 엄마 아빠 과외 선생 등장하여 반원을 그려 강수를
      둘러싼다.

담임   박강수 학생은 우리 외고에서도 촉망받는 우등생이었습
        니다. 국립 서울대학교에 충분히 합격할 수 있는 학생이
        었지요. 외국 명문 대학도 가능했고요. 그런데 참 어이없
        고 황당한 이유로 꺾이고 마는 것 같습니다. 이 대입 레이
        스, 이거 치열합니다. 아차 삐끗하면 끝장나는 겁니다.

엄마   강수야. 너 왜 이러니? 그렇게 열심히 공부하던 애가 허구
        한 날 잠만 자니. 엄마 죽는 꼴 보고 싶니? 도대체 이게 무

슨 날벼락이란 말이니.

아빠 일어나. 이놈아! 꿈을 향해 나가. 사내자식이 그렇게 나약
해서야 어디에 쓰겠어? 어차피 세상은 경쟁이야. 싸워서
이겨! 출세하고 성공해! 그게 살아야 하는 이유고 목적이
야! 출세! 성공!

과외선생 박강수! 너, 싸이코야? 외계인이야?

인물들 사진처럼 굳어 버린다.

무대 서서히 어두워진다.